LE PRÉSIDENT DU MARIGOT

Paru dans Le Livre de Poche :

UN JARDIN EN ENFER

JEAN-PIERRE RICHARD

Le Président du marigot

ROMAN

ALBIN MICHEL

ISBN 2-253-11714-5 1re publication – LGF
ISBN 978-2-253-11714-8 1re publication – LGF

Tout a une fin, sauf la banane qui en a deux.

Proverbe bambara.

Moi, Niakoto, Dieudonné, né natif de N'Dangiok, je me souviens très bien de la nuit du gros potin.

Et pourtant, ça s'est passé il y a plus de quarante ans.

Nous rentrions d'une palabre à douze cannes chez Mathieu Cocolabé. C'est long, une palabre à douze cannes. Douze fois de suite, il faut attendre que tous les grains de mil aient coulé à l'intérieur du bâton creux que tient le Chef. Les deux plaideurs sont installés sur les petites chaises de palabre et nous, ceux de la tribu, on est assis en cercle autour d'eux. Tour à tour, on prend parti pour l'un ou l'autre des deux bonshommes suivant la malice qu'ils ont su montrer.

Le plaignant disait que son épouse avait quitté le domicile conjugal pour aller vivre dans la case de son cousin. Le cousin disait qu'elle avait fugué parce que son mari la battait. Il l'accusait d'être trop coquette et il était devenu jaloux comme une bête sauvage.

A cela, le mari rétorquait que, depuis longtemps, sa femme et son cousin se moquaient de lui et, à chaque marché, elle dépensait tout l'argent de la récolte en tenues vestimentaires et en bijoux pour cadeauter ce vagabond, mais que jamais il ne l'avait battue parce qu'il la respectait comme la mère de ses huit enfants.

Alors, la femme l'a traité d'allocataire – c'est comme ça qu'on appelle un menteur, chez nous – et elle a relevé son boubou pour nous montrer ses fesses afin qu'on voie les traces de coups et on a tous bien rigolé...

C'était une fête délectable qui s'est conclue par une dégustation de vin de palme. Sur la piste du retour, on s'esclaffait en se racontant les matoiseries et les roublardises des deux cousins.

A un moment donné, entraîné par la jubilation générale, le Chef a voulu mimer la correction qu'avait reçue la femme. Avec son bâton de palabre, il a donné des coups sur le derrière de Pascal qui poussait des petits cris avec une voix de fille et la canne s'est brisée.

Brusquement, on s'est tous arrêtés de rigoler. Tu dois savoir que, pour nous, c'est un mauvais présage de casser une canne magique.

C'est là qu'a retenti le gros potin. On s'est jetés par terre.

Comment un coup de tonnerre pareil peut-il éclater dans un ciel plein d'étoiles ?

Quand on s'est relevés, les vieux ont dit que ça leur rappelait le fracas d'un troupeau d'éléphants lancé à travers la brousse. Moi, ce potin-là, je ne l'avais jamais entendu parce que, depuis longtemps, il n'y a plus de troupeau d'éléphants à N'Dangiok. Il ne reste que Monsieur Tobias et Sophie.

Autrefois, les coopérants de l'aviation s'amusaient à faire des cartons sur les éléphants depuis l'hélico du Président. Après, ils venaient voler l'ivoire pour l'emporter en France dans des avions militaires.

Un jour, leur hélicoptère est tombé dans la lagune et les crocodiles ont bouffé les Blancs. Et tu sais ce qu'on a retrouvé deux jours plus tard en remontant un filet ?... Une chemise Lacoste. Délectable, non ?

On a bien rigolé aussi, ce jour-là !

Je te parlais du gros potin. Dans la tribu, on avait juré qu'on garderait le secret sur les événements qui ont suivi pour ne pas avoir de tracas ; mais depuis cette fameuse nuit, beaucoup d'eau a coulé dans la Sanaga.

Derrière mon cou, sont maintenant gravés les deux plis de la sagesse. Je suis devenu le vieux du village et j'ai décidé de te raconter les événements qui sont venus bouleverser la vie de ma tribu parce qu'il ne faut pas laisser mourir la mémoire.

D'abord, il faut que tu comprennes pourquoi on avait décidé de ne pas parler de cette affaire : quand tu fais l'accident, ou même lorsque tu es simplement témoin, les problèmes commencent. Moi, une fois, lorsque je déchargeais les bateaux à Douala, j'ai été retenu quatre heures au poste de police parce que j'avais assisté à une collision entre une Mobylette et un taxi-brousse. Alors, tu imagines quand c'est un avion qui vient dégringoler à côté de ton village !...

Et quand, dans cet avion, il y a un Président de la République accompagné de sa tribu de ministres et de Grands Types qui dirigent tout un tas de sociétés multinationales, comme ils disaient sur le satellite-tango de Fanny Bangala, tu peux deviner tous les tracas qui s'abattent sur la tête des pauvres petits hommes noirs bien paisibles ? Surtout que nous, on était heureux dans notre coin de brousse classé site protégé par le Patrimoine mondial de la faune et de la flore. Toute notre région, de la lagune jusqu'à la fin de la brousse, du côté de Bafoundé était devenue un observatoire sélectionné par le World Wild Fund of Nature, ce sont les seuls mots d'anglais que je connais parce que c'est écrit sur les sacs de riz que nous apporte une fois par mois le Canadien de l'écologie. En échange, on n'a plus le droit de tuer les bêtes sauvages, ce qui arrange bien le léopard Lulu dont la famille s'accroît au fil des saisons.

Je ne te cache pas que, de temps en temps, on se fait griller un phacochère, un singe ou un crocodile quand on reçoit du monde. On a quand même nos traditions... Mais on n'en parle pas à Bonaventure Duplessis, c'est le nom du délégué de l'écologie. De toute manière, je n'imagine pas un type, même un Canadien, en train de dresser l'inventaire de tous les singes et les crocodiles de la brousse et de la lagune.

Au début, ça nous a fait un peu drôle de voir les animaux qu'on connaissait depuis toujours, Hugo l'hippopotame, Lulu le léopard, Monsieur Tobias et Sophie, porter des colliers avec des émetteurs, et puis on s'est habitués. Eux aussi.

C'est pour « suivre le maintien de l'écosystème et la faculté de sédentarisation et de réadaptation des espèces menacées d'extinction en milieu naturel », nous a expliqué Bonaventure Duplessis. C'est un spécialiste. Il doit y en avoir beaucoup, des grands singes, des hippos, des éléphants et des léopards au Canada.

Excuse-moi de laisser vagabonder ma tête comme ça, mais je suis un peu cassé et, chez nous, on aime tellement raconter les histoires que tu commences à en cueillir une et tu finis avec un bouquet !

Voici donc la délectable aventure qui suivit la nuit du gros potin. Ça se passait au tout début des années 2000. Ne me demande pas la date précise. Je me souviens que j'avais autour de vingt-cinq ans...

1

Un bruissant nuage d'oiseaux surgi de la cime des arbres géants vint masquer la lune.

Une grappe de singes terrifiés dégringola de branche en branche.

Puis, succédant à l'énorme fracas qui avait fait trembler la brousse, s'installa un silence anormal qui étouffa l'habituel tumulte nocturne. Un silence aussi épais que la chaleur. Même les singes s'étaient tus.

La vie s'était figée.

Seules quelques feuilles finissaient de tomber, au ralenti.

Nez dans la terre, François-Xavier Weber respirait la douceâtre odeur de pourriture qu'exhalaient les couches superposées de feuilles humides. Devant ses yeux fermés, défilaient les dernières minutes qui s'étaient écoulées avant le crash.

Une vie entière.

Il était lancé avec Servoz, le ministre des Télécommunications et Nouvelles Technologies, dans une grande discussion sur les opportunités d'ouverture du marché des fibres optiques en Afrique du Sud, lorsque l'avion se mit soudain à cahoter, comme s'il roulait sur un chemin de pierres. A travers le hublot, les éclairs avaient commencé de zébrer la nuit. En reposant sa coupe, Servoz lui avait confié que ce spectacle évoquait pour lui les nuits de sa jeunesse passées dans un refuge au pied du Pelvoux, bien à l'abri au fond du sac de couchage tandis que l'écho renvoyait d'une montagne à l'autre le grondement du tonnerre dans les Ecrins.

Une bouffée de Guerlain les enveloppa. La main appuyée au dossier du siège de François-Xavier, l'hôtesse était penchée sur eux pour s'assurer que leurs ceintures étaient correctement bouclées. Les yeux clairs mis en valeur par son bronzage, le brushing impeccable, elle leur annonça d'une voix sereine qu'ils traversaient une zone de dépression due à un orage magnétique comme on en rencontre souvent en zone tropicale.

Pointée vers les deux hommes, elle tenait une bouteille de Dom Pérignon enveloppée dans une serviette blanche. Machinalement, Servoz présenta sa coupe.

– Comment va le Président ? demanda-t-il.

L'hôtesse s'appliquait à les servir. En dépit des secousses de l'avion, elle réussit à ne pas répandre une seule goutte de champagne sur les genoux de ses passagers.

– Il dort comme un bébé, répondit-elle dans un sourire.

Weber ouvrit un œil rond.

– Au milieu de cette tempête ?

Le ministre lui jeta un regard amusé.

– Napoléon ne pouvait trouver le sommeil qu'au plus fort des canonnades... Que voulez-vous, mon cher, c'est le privilège des âmes d'exception.

Il reprit son journal. Weber n'arrivait pas à déterminer si son admiration était sincère ou ironique. Agaçant, ce personnage dont on ne savait jamais que penser. Il avait déjà ressenti cette ambiguïté au ministère lors de leurs entretiens sur les privatisations.

L'hôtesse avait repris son périple d'attentive cantinière. Elle compensait le tangage par de souples contorsions de la croupe. La paume posée alternativement sur les dossiers à la gauche et à la droite de l'allée, elle distribuait à chacun une ration de champagne accompagnée de son sourire de maman rassurante.

– On dirait que vous appréciez l'uniforme ?

En tournant la tête, il rencontra l'œil malicieux de Servoz par-dessus le *Wall Street Journal.*

François-Xavier éprouva le besoin adolescent de se justifier.

– Belle femme, lâcha-t-il.

Le ministre eut une moue.

– Elle fait partie de tous les voyages présidentiels... Elle doit en être à sa troisième cohabitation.

Il conclut dans un sourire bref :

– Ce qui lui fait pas mal d'heures de vol...

Il replongea le nez dans son journal.

François-Xavier but une gorgée et posa sa coupe en la maintenant sur la tablette. Du coin de l'œil, il observait son voisin.

Ses lunettes demi-lunes reposant sur l'arête du nez, Servoz était absorbé dans l'examen des valeurs technologiques, aussi à l'aise que s'il se trouvait dans son bureau ministériel.

François-Xavier enviait son calme. Curieux, pensa-t-il, d'avoir le sentiment que rien ne peut vous arriver lorsqu'on a en main une coupe de champagne. Les passagers du *Titanic* avaient dû connaître cela...

Il se tourna vers le hublot : maintenant, le ciel était devenu d'une couleur anormale. A l'obscurité de la nuit, s'était substituée une lumière blême. Et ce grondement qui n'en finissait pas.

Les trépidations s'étaient amplifiées. Plusieurs trappes de compartiments à bagages s'ouvrirent et l'hôtesse, aidée du steward, vint à grand-peine les claquer, puis ils furent contraints d'aller à leur tour se sangler sur des sièges libres.

Soudain, comme s'il était happé par une main géante qui l'attirait vers la terre, l'avion se mit à piquer.

Le cœur au bord des lèvres, François-Xavier éprouvait la même sensation de plongeon vertigineux que sur les montagnes russes de son enfance, à la foire du Trône.

Tous les casiers s'étaient ouverts, dégorgeant les bagages. Rendus fous par l'apesanteur, ils dégringolaient dans les allées, venaient rebondir contre les parois et le plafond de la cabine, cognant au passage des têtes, des épaules ou des genoux.

Assommé par un ordinateur portable qui l'avait heurté en pleine tempe, Servoz s'effondra sans un cri, le nez dans le Dow Jones.

De tous les sièges, montaient à présent les cris de douleur, les hurlements de panique de passagers invisibles liés à leur fauteuil.

Et puis, d'un seul coup, après un dernier cahot, l'avion se remit à l'horizontale, comme si, après avoir dégringolé le long d'un ravin, il empruntait à nouveau une route convenable. Une série d'exclamations de soulagement, quelques applaudissements à l'adresse du pilote vinrent se mêler aux gémissements des passagers blessés.

François-Xavier se pencha vers son voisin toujours immobile, prostré sur la tablette. Il le tira par l'épaule. La tête de Servoz bascula en arrière. Par-dessus ses lunettes dont l'un des verres était brisé, il pointait sur son voisin un regard fixe. De l'une de ses oreilles, coulait un filet de sang. Dans la mort, le ministre avait gardé son expression caustique. Pétrifié par ce regard sans vie braqué sur lui, François-Xavier lâcha l'épaule de Servoz qui s'affala sur le *Wall Street Journal* ensanglanté.

C'est là que l'avion se remit à piquer.

Après cette brève accalmie, le plongeon recommença, accompagné par les cris des passagers qui pensaient leur cauchemar terminé.

Les mains crispées aux accoudoirs, François-Xavier se sentait soulevé de son siège, retenu par la ceinture qui lui sciait le ventre.

A ce moment précis, il sut qu'il allait mourir. En homme d'ordre, il fit défiler tout ce qu'il avait laissé en suspens avant de quitter cette terre : le rachat d'Italcom à dix-sept euros l'action, l'introduction de sa société à la Bourse de New York, l'entretien déterminant avec sa fille Marine et la menace de lui couper les vivres si elle s'obstinait à fréquenter ce ridicule chanteur écologiste à l'anneau dans l'oreille, la rupture négociée avec Carla, sa responsable de communication qui se permettait d'empiéter de plus en plus sur sa vie privée. Cette liaison devenait carrément gênante, à tel point, que lors de la dernière réception de sa société, Marie-Dominique lui avait demandé qui était cette grande brune qui brassait tant d'air... Il n'avait aucune envie de faire de la peine à Marie-Dominique. Bien sûr, il y avait eu entre eux des hauts et des bas, comme dans tous les couples mariés depuis vingt-cinq ans, mais il appréciait sa loyauté, et son sénateur de père l'avait fichtrement aidé tout au long de sa carrière.

Et puis survint le choc, suivi de l'horrible série de craquements des arbres qui se fracassaient sous le poids de l'avion. La cabine se disloqua. François-Xavier eut le sentiment d'être projeté dans le vide, et il sombra dans un trou noir.

Prudemment, le troupeau des babouins descendit de la branche où il s'était perché. La curiosité l'emportait sur la peur.

Plus hardis que les autres, les deux petits s'aventurèrent jusqu'à flairer le corps étendu. Ils poussèrent un hurlement : la créature avait bougé. Aussitôt, le groupe fit volte-face. Avec une série de glapissements, queue en l'air sur cul rouge, les singes escaladèrent en quelques bonds l'arbre qu'ils venaient de quitter.

Assis côte à côte sur une branche, poils hérissés, le nez froncé, frémissants de curiosité, ils observaient François-Xavier.

C'était fête aujourd'hui. C'est vrai, il n'arrivait jamais rien dans cette fichue brousse.

François-Xavier Weber ouvrit les yeux. La première image que lui révéla le clair de lune fut cette rangée de singes au-dessus de lui, qui guettait son réveil d'un regard attentif.

Dans un livre oublié, il avait lu qu'à l'approche de la mort, on voit défiler en accéléré des images de sa vie jusqu'à la prime enfance. Face à la brochette de singes qui l'observaient, il eut une vision de la villa de tante Françoise, à Biarritz, où il passait ses vacances d'enfant. Sur la cheminée recouverte d'un napperon aux couleurs résolument basques, à côté d'une Diane chasseresse d'un poids certain et d'un goût discutable, trônaient les trois singes de la sagesse chinoise qui le fascinaient...

A la mort de sa tante, il avait récupéré les trois magots qui étaient désormais placés sur une étagère de son bureau, au quarante-troisième étage de la tour de verre qui portait le nom de son holding, quartier de la Défense.

Maintenant, il les voyait au-dessus de lui, les trois singes de tante Françoise. Ils le scrutaient de leurs petits yeux noirs, le menton appuyé sur leurs poings fermés.

C'étaient donc eux, ces primates au visage ridé qui allaient être ses juges pour l'éternité... Les singes du Jugement dernier.

Il sentit un liquide chaud couler le long de son front. D'un mouvement douloureux, il parvint à s'essuyer le visage. Sur ses doigts, il ne trouva pas de sang comme il s'y attendait. C'était de la sueur. Il prit conscience de la chaleur moite qui lui collait au corps.

Ils n'ont donc pas la clim au paradis ?... Après tout, il était peut-être en enfer.

Il y règne une chaleur épouvantable, lui disait sa tante Françoise en le tirant violemment par la main pour l'empêcher de lorgner en sournois les photos des belles danseuses nues placardées à l'entrée du casino Bellevue.

« C'est avec ces femmes-là que s'est ruiné ton oncle », soupirait-elle immanquablement en passant devant les séductrices emplumées.

Drapée dans son Burberry dominical, la gorge ceinte de l'Hermès aux batailles navales, elle martelait d'un talon sonore les pavés du quartier Sainte-Eugénie pour conduire l'enfant à la messe de dix heures dans l'église où elle avait sa chaise, face au rocher de la Vierge.

Devant le tribunal des singes, François-Xavier se livra à un bilan. Il s'était toujours efforcé de faire le bien autour de lui, quand ses affaires lui en laissaient le temps. Chaque année, il organisait de superbes arbres de Noël pour ses employés avec distribution de cadeaux aux enfants et un flacon d'eau de toilette pour les mamans. Il avait toujours donné des sommes rondelettes aux organisations caritatives. Bien sûr, c'était déductible des impôts, mais ça n'empêchait pas la compassion. Il avait financé l'opération ZEP à la plage au cours de laquelle plus de deux cents jeunes des quartiers défavorisés avaient passé une journée au Touquet et saccagé la moitié des machines à sous du casino, ce qui lui avait coûté une petite fortune. Il avait acheté une page dans *Le Monde*, *Le Figaro* et *Libération* pour protester contre l'exploitation des enfants du tiers monde. Cela avait arrangé ses relations avec le gouvernement de gauche, mais il fallait quand même le faire...

Toutes ces bonnes actions cumulées, ça devait bien donner des points paradis, non ? Il y avait aussi eu l'OPA inamicale sur la Charentaise de Crédit et l'éviction un peu cavalière de son ancien associé, mais cela relevait des pratiques de la finance et ne justifiait pas une descente aux enfers.

Tiens, les singes là-haut ne s'intéressaient plus à lui. Ils semblaient soudain tout excités. Babines retroussées, ils laissaient échapper une série de glapissements en fixant un point au-dessus de sa tête.

François-Xavier entendit un craquement de branche. Il se souleva sur un coude.

Emergeant de la pénombre, une silhouette pénétrait dans l'arène éclairée par la lune.

Il reconnut l'homme qui avançait en boitant. C'était Jojo de Sainte-Croix. Comment pouvait-on porter ce sobriquet ridicule accolé à un nom aussi chargé d'histoire ?... François-Xavier ne l'avait jamais aimé, ce journaliste goguenard avec sa dégaine de héros de western et ses cheveux blancs en bataille.

Avec son sourire narquois, il avait toujours l'air de se moquer de ses interlocuteurs. Il n'était pas possible qu'un type comme lui ait accès au paradis. Maintenant il était à deux mètres de lui et son regard semblait encore plus perçant que d'habitude. Cela devait venir de ses sourcils brûlés.

Le journaliste désigna la branche sur laquelle les babouins s'agitaient de plus belle.

– Alors, il paraît qu'on a échoué sur la planète des singes !

Faire de l'humour dans un moment pareil, ce type n'avait vraiment aucune conscience...

– Ravi que vous ayez le cœur à plaisanter, lâcha Weber, maussade.

Jojo rigolait sous cape en voyant allongé à ses pieds cet homme au profil aquilin qui, pour lui, avait toujours symbolisé la morgue et la puissance de l'argent.

– Du bobo, président ?

Il lui tendit la main. A contrecœur, François-Xavier la prit. Il tenta de se relever. Il se laissa retomber avec un gémissement de douleur.

– J'ai mal là, grimaça-t-il en désignant son côté droit.

Le journaliste hocha la tête.

– Des côtes cassées. Il faut éviter de rire.

Il ajouta, amusé :

– Ça ne doit pas vous arriver souvent !

Web – c'est ainsi que, dans les milieux financiers, on nommait Weber depuis son rachat de l'un des plus gros fournisseurs d'accès à Internet – pinça les lèvres. Il lança :

– Vous boitez ?

Jojo haussa les épaules.

– Une entorse, je suppose. Pas très cher payé pour une chute de dix mille mètres...

– Vous pensez qu'on est les seuls survivants ?

Le journaliste eut un geste fataliste.

– C'est possible. On verra demain.

Il jeta un coup d'œil à sa montre.

– Dans deux heures, il fera jour.

Il s'allongea sur le sol, poussa un soupir.

– Encore un beau scoop que j'ai raté !

Weber lui jeta un regard intrigué. Avec emphase, Jojo fit mine de lire une première page imaginaire.

– « L'avion du Président de la République s'écrase dans la brousse avec quatre ministres et la fine fleur des P-DG français. Notre correspondant fait partie des rares survivants. »

Il conclut avec une grimace :

– Là, je pouvais finir de payer les traites de mon bateau !

– Vous êtes d'un cynisme monstrueux.

Le journaliste gratifia Weber d'un sourire angélique.

– Que voulez-vous, président, la vertu n'a pas été répartie également entre tous les êtres... Je compte beaucoup sur notre coexistence dans cette forêt tropicale pour m'améliorer à votre contact !

2

Les sages de la tribu étaient réunis dans la case de palabre. Un conseil des sages en pleine nuit, il fallait une circonstance exceptionnelle, comme le gros potin.

Moi, j'étais intimidé. Normal : j'étais le plus jeune du conseil. C'était la seconde fois que je siégeais avec les anciens.

Le vieux Raphaël parla le premier.

– J'étais au marigot avec Pascal et Dieudonné. La fumée noire montait au-dessus des arbres. Et les vautours sont revenus. Demande aux jeunes. Ils ont de meilleurs yeux que moi.

Le Chef se tourna vers nous. Pascal acquiesça.

– C'est vrai. J'ai vu les charognards tourner là-haut. Je me suis approché. Il y avait des corps qui bougeaient encore.

J'ai pris la parole à mon tour.

– Moi aussi, j'en ai vu deux qui sortaient des morceaux de l'avion.

Un silence troublé retomba dans la case. Nous ressentions tous une même sensation de malaise.

Finalement, le Chef résuma l'impression générale.

– Ah, ces Blancs ! soupira-t-il. On pensait qu'on en avait fini avec eux, et voilà qu'ils reviennent nous tomber sur la tête !

Il était renfrogné, le Chef.

Makoto l'agressa.

– C'est de ta faute. Si tu n'avais pas cassé la canne de palabre, en tapant sur le cul de Pascal, ça ne serait pas arrivé.

Makoto n'aimait pas le Chef. Tout le monde, dans la tribu, savait qu'il aurait voulu être le patron du village, mais le Chef était meilleur féticheur que lui.

Il y eut un nouveau silence. On ne devait pas parler au Chef sur ce ton. Mais il ne répondit pas. Il gardait les yeux braqués sur le sol.

– C'est vrai, admit-il. C'est moi qui ai fait tomber l'avion.

Makoto revint à la charge.

– Ça ne nous dit pas ce qu'on va faire avec ces Blancs ?

– Il faut prévenir le Canadien de l'écologie, dit Pascal. Il fera venir des secours. Peut-être qu'on aura droit à une prime...

Makoto le coupa brutalement.

– Tu es fou ! Tous les journalistes vont mettre le nez dans nos affaires. Ça va nous gâter la vie.

– Il a raison, Makoto, admit le Chef. Ça ne peut nous apporter que des emmerdements.

Le vieil Honoré laissa échapper un ricanement de sa bouche édentée.

– Et si on les bouffait ?

Indigné, le Chef le rabroua :

– Honoré, tu ne dois pas dire des choses comme ça, même pour plaisanter.

Le vieux Raphaël hocha gravement la tête.

– Mais il ne plaisante pas !

Le Chef haussa les épaules et se tourna vers moi.

– Et toi, Dieudonné, qu'est-ce que tu en penses ?

J'étais fier que les anciens me demandent mon avis. Il fallait que je démontre que, malgré mon jeune âge, j'étais capable de raisonner en homme avisé.

– Je trouve que ce n'est pas une situation très délectable. Nous devons la gérer avec discernement.

Makoto haussa les épaules.

– Arrête avec ton « délectable ». Il n'y a que ça que tu sais dire !

– Laisse-le parler, dit le Chef. Il faut que les jeunes s'expriment.

Mais moi, je n'avais plus envie de parler. J'étais vexé. Il ne m'aimait pas, Makoto. Moi non plus. Je l'avais toujours considéré comme un faux jeton.

Il y eut un long silence dans la case.

Un courant d'air fit danser la flamme de la lampe. Je voyais la lumière jouer sur les visages graves des sages de la tribu. Presque tous portaient au front les rides de la sagesse. Devant eux, étaient posés les cailloux noirs et blancs qui serviraient, le moment venu, à exprimer leur vote.

Le Chef éprouva le besoin de détendre l'atmosphère. Il dit :

– Et si on les laissait se débrouiller tout seuls ?

– Ils ne feront pas de vieux os dans la brousse, observa Pascal. Entre les serpents, les scorpions, les crocodiles, sans compter Lulu qui a besoin de nourrir sa petite famille !

Là, j'ai éprouvé le besoin d'intervenir.

– On ne doit pas faire cela. Ce n'est pas convenable !

Makoto s'est tourné vers moi avec une grimace.

– « Pas convenable », non mais tu l'entends, celui-là ?... On n'est plus au temps de la colonie. Tu es fait pour embrasser le cul des Blancs !

Cette allusion à mon bref passé de boy pour des coopérants n'était pas du meilleur goût. C'était bien dans le style de Makoto... Je décidai à nouveau de me taire.

– Ça, c'est bien vrai, dit le vieux Raphaël, rigolard,

que les Blancs ne savent pas se dépatouiller dans la brousse.

Tous les membres du conseil furent saisis d'une franche gaieté. Chacun y alla de sa critique :

– Dès qu'il y a un serpent, ils mettent le pied dessus...

– Ils ne connaissent pas les bonnes racines. Ils ne savent même pas ouvrir une noix de coco !

– Tu imagines un Blanc en train de dépecer un singe ?

– Il faudrait d'abord qu'ils puissent l'attraper ! Tu sais bien que les Blancs sont incapables de chasser la viande quand ils n'ont pas un guide, deux porteurs et trois rabatteurs qui leur apportent le gibier devant le fusil. Le moindre phacochère leur coûte une fortune !

On s'étranglait de rire à la cocasse évocation des safaris si étroitement liés à la mémoire coloniale.

Le vieil Honoré était secoué de son rire silencieux.

– Payer pour tuer une bête sauvage !... Ils sont fous, ces Blancs.

– Il ne doit rien y avoir à bouffer chez eux, lâcha Pascal, logique.

– En tout cas, conclut le Chef, ces Blancs, ils nous ont bien emmerdés, mais ils nous font aussi bien rigoler !

Des coups retentirent à la porte de la case. Tous les assistants échangèrent un regard étonné : qui donc pouvait venir nous déranger pendant le conseil de la tribu ?

Le Chef se tourna vers moi.

– Dieudonné, va voir qui c'est.

Devant la porte, se tenait Emile Zola, le fils de Fanny Bangala.

Emile Zola était considéré comme quelqu'un de différent dans la tribu.

Lorsque, après ses années de vagabondage, Fanny

était revenue au village, elle portait le nourrisson dans une pièce d'étoffe nouée dans le dos, comme le font les femmes de chez nous. Quand elle avait fièrement exhibé le bébé aux femmes de la tribu, les bruyantes manifestations de bienvenue s'étaient arrêtées net. Il y avait eu un lourd silence.

Le bébé était blanc.

Et puis, les années passèrent. Emile Zola était maintenant devenu un robuste garçon de vingt-cinq ans. Heureusement, sa couleur s'était assombrie. Il avait viré du blanc au café au lait. Hélas, le garçon était affligé d'une tare qui mettait tout le monde mal à l'aise au village : il avait les yeux verts...

On évitait de le regarder parce qu'on avait peur que cela nous porte malheur. Moi-même, qui étais son ami, lorsque je croisais son regard, j'éprouvais une sensation de malaise, comme lorsqu'on se trouve face à un albinos.

Donc, en cette nuit du gros potin, il attendait devant la case de palabre où il savait qu'il n'avait pas le droit d'entrer.

– Va dire au Chef que ma maman a une nouvelle importante à lui communiquer.

J'allai transmettre le message. Le Chef haussa les épaules d'un air agacé.

– Qu'est-ce qu'elle a encore, Fanny ? Elle est malade ?

– Non. Elle doit te faire part d'une nouvelle importante.

– Elle ne peut pas venir ?

– Tu sais bien qu'une femme ne peut pas pénétrer dans la case pendant le conseil.

Le Chef eut un geste agacé.

– J'irai la voir quand on aura fini.

Je m'acquittai du message, mais Emile Zola secoua la tête.

– Dis au Chef que c'est urgent. Ma maman l'attend maintenant avec tous les hommes de l'assemblée.

Je retournai dans la case.

– Elle insiste. Elle dit que c'est très important. Elle veut que tu viennes avec les membres du conseil.

C'était totalement contraire à la coutume que les sages de la tribu quittent le conseil pour se rendre dans une autre case. Et, en plus, chez une femme !

Mais Fanny, c'était autre chose. Elle était très respectée et crainte dans le village.

Après une ultime palabre, on s'est donc tous déplacés pour la visiter.

Ce n'était pas tous les jours que les hommes de la tribu étaient admis à pénétrer dans la case de la maman d'Emile Zola.

Elle était très fière de son intérieur, Fanny. Faut dire qu'elle était jolie, sa case. Bien meublée, coquette comme une maison de ville. D'ailleurs, tous ses meubles venaient de la ville.

Cela avait donné lieu à une scène que les anciens se délectaient à raconter...

Deux jours après le retour de Fanny avec son bébé blanc, les gens du village avaient entendu un bourdonnement lointain qui, très vite, devint un vrombissement qui emplissait le ciel.

Devant toute la tribu le nez en l'air, apparut au-dessus des arbres de la forêt un hélicoptère rouge vif.

C'était la première fois, depuis que les braconniers d'éléphants étaient tombés dans la lagune, que l'on voyait un hélicoptère à N'Dangiok.

Dans un sifflement suraigu, l'hélico s'était posé sur la place du village. Il soulevait un tourbillon de poussière ocre, faisant voltiger les instruments de cuisine éparpillés devant les cases. Les femmes s'enfuyaient en poussant des cris, retenant à deux mains leurs boubous qui menaçaient, eux aussi, de s'envoler.

Assourdis, les hommes s'étaient reculé à l'abri des premières cases en échangeant des regards inquiets à la vue de la cocarde verte, orange et bleue du drapeau national peinte sur le fuselage. Excités, les enfants sautaient et hurlaient, les mains plaquées sur les oreilles.

Seule au milieu de la place, les poings sur les hanches, Fanny assistait à l'atterrissage. Elle adressa un signe amical au pilote qui lui répondit d'un grand sourire.

Pas très rassuré, le Chef la rejoignit.

– Tu les connais ? hurla-t-il. Qu'est-ce qu'ils viennent faire ?

Fanny le rassura sur le même ton :

– N'aie pas peur. C'est l'hélicoptère du Président qui me livre mon ameublement.

Il la regarda, stupéfait.

– Il t'envoie son hélicoptère jusqu'ici pour t'apporter tes meubles ?

Fanny sourit de son ahurissement.

– Tu sais, le Président, je l'ai connu quand il était sous-lieutenant.

Elle termina cette confidence sonore la bouche collée contre l'oreille du Chef.

– Je l'appelais Bibi.

Les hommes du village avaient aidé le pilote et le mécanicien à décharger le mobilier, et puis l'hélicoptère de Bibi avait pris son envol vers la capitale, laissant au milieu de la place les caisses qui contenaient le passé de Fanny.

Les hommes avaient défriché un carré de brousse pour lui construire une case à la lisière du village. Là,

Fanny avait installé tous les trésors amassés au cours de ses années d'errance dans les bordels où elle avait officié. Il faut te dire que Bangala, chez nous, ça veut dire « le sexe de l'homme ». En souvenir de son bon vieux temps, Fanny avait crânement gardé ce sobriquet qu'elle considérait comme un hommage.

J'y étais venu souvent, chez Fanny. Elle m'aimait bien parce que j'étais le seul ami de son fils.

Dans la pièce, ce que l'on remarquait en premier c'était le grand lit à boules dorées recouvert d'un châle en vraie soie dont les franges pendaient par terre. Il était protégé par une moustiquaire, comme les lits des Blancs. A la tête du lit, Fanny avait accroché un immense éventail doré comme les boules, avec un soleil pourpre qui se couchait derrière des montagnes embrumées.

Près du lit, un paravent sur lequel volaient des oiseaux de toutes les couleurs masquait la table de toilette et le bidet à roulettes. Fanny m'avait confié un jour en rigolant que c'était tout ce qui restait du passage des Blancs de la colonie : les Anglais avaient laissé des golfs, et les Français des bidets...

Enfant, j'étais très impressionné par la haute pendule qui, à chaque heure, faisait sonner des cloches. Fanny m'a appris que cela s'appelait un coucou Windsor.

Sur le mur, était suspendu un grand miroir entouré d'un cadre de coquillages dans lequel étaient glissées des photos. En majorité des photos d'hommes. Beaucoup étaient blancs. Presque tous en uniforme. Il y avait aussi des photos de Fanny quand elle travaillait à la ville. C'était une très belle femme, habillée à l'européenne. La seule Africaine au milieu d'un groupe de femmes blanches. Elle m'avait appris leurs noms : Maguy qui venait de Belgique, Conception l'Espagnole, Annick et Maryvonne, les deux Bretonnes nées dans le même village, Salima la Turque, et Madame Yolande que Fanny appelait Maman...

Et les cartes postales ! Il y en avait des centaines punaisées qui venaient de tous les coins du monde... C'est sur ce mur d'images que j'avais appris la géographie, comme beaucoup d'enfants du village.

Mais ce que je préférais, c'étaient les boules magiques avec des églises à l'intérieur posées sur des napperons de dentelle.

Lorsque j'avais convenablement répondu à cinq questions sur les cartes postales, Fanny me donnait le droit d'agiter une des boules magiques. Je prenais le globe de verre entre mes mains et je le secouais délicatement. Alors il se mettait à pleuvoir sur les clochers une scintillante poussière d'argent. Fanny m'avait dit que c'était de la neige.

Un jour, j'irai voir la neige.

3

A travers l'écran frémissant du rideau de perles qui voilait l'entrée de sa case, trônant dans son fauteuil aux accoudoirs recouverts de dentelle, Fanny promenait un regard amusé sur les hommes du conseil qui attendaient, mal à l'aise.

C'était une grande femme aux rondeurs imposantes, Fanny. Elle avait un beau visage aux traits fins avec des yeux qui vous transperçaient. Ses larges mains étaient sans cesse en mouvement, comme les ailes de l'oiseau-papillon. Quand elle souriait, on avait l'impression de voir se lever le soleil.

Ce petit matin-là, pour accueillir les membres du conseil, elle s'était drapée dans un boubou de la même couleur que les oiseaux du paravent.

– Alors vous entrez, les garçons ? Elle éclata de rire. Vous me rappelez mon bon vieux temps, quand j'avais des clients timides qui n'osaient pas se décider !

Elle n'avait pas honte de son passé, et puis elle savait parler aux hommes, Fanny ! Personne, parmi les femmes de la tribu, n'aurait osé s'adresser sur ce ton au Chef et aux membres du conseil.

Les hommes s'installèrent dans la pièce. D'un geste royal, Fanny désigna au Chef le canapé où il vint prendre place du bout des fesses à côté d'une poupée d'ornement en toilette bleu pâle. Les autres s'assirent sur leurs talons. Moi, je restai debout à côté d'Emile Zola.

Sentant qu'il lui appartenait de reprendre la situation en main, le Chef rompit le silence :

– Fanny, tu sais que c'est très grave de suspendre un conseil de tribu. Il faut que ce soit pour une raison capitale.

Fanny acquiesça avec un sourire.

– Je sais. C'est une nouvelle capitale.

Elle marqua une pause.

– Tu sais que, la nuit, j'écoute des tangos sur mon satellite.

Le Chef opina. Fanny était la seule du village à posséder une radio pour laquelle le Canadien de l'écologie apportait une provision de piles à chacune de ses visites. Souvent, Emile Zola et moi, on était allés bricoler la parabole improvisée avec une bassine et une armature de fils de fer lorsque, par la facétie d'un singe ou le caprice d'une bourrasque, elle s'était détournée de son orientation.

En tripatouillant le bouton de réglage, Fanny avait déniché un satellite qui lui envoyait des tangos. Un satellite qui passait au-dessus de nos têtes trois fois par semaine entre deux et trois heures du matin. A ce moment-là, Fanny rêvait à son bon vieux temps, en fumant des cigarettes à bout doré, à la lueur de sa lampe à pétrole recouverte d'un abat-jour en perles de verre.

Pour être sûre que personne ne lui déréglerait sa radio, elle avait même collé le bouton de recherche sur le canal de son satellite-tango.

– Eh bien, figure-toi que cette nuit, annonça-t-elle, ils ont interrompu ma musique pour faire une annonce !

Elle promena un regard sur son auditoire attentif, puis elle reprit :

– Et cette annonce nous intéresse directement !... Un avion qui se rendait en Afrique du Sud s'est écrasé dans la brousse. Comme cette communication est arrivée peu de temps après l'explosion, je conclus que cet avion est tombé tout près de chez nous !

Les membres du conseil échangèrent un regard narquois. Le Chef n'était pas mécontent de rabattre le caquet de Fanny.

– Je te signale que nous sommes au courant.

– C'est même la raison de ce conseil exceptionnel que tu as eu le toupet d'interrompre, railla Makoto.

Le Chef éprouva le besoin de rajouter, sans doute pour renforcer son autorité :

– C'est moi qui ai fait tomber l'avion...

Devant l'étonnement de Fanny, il corrigea :

– Sans le faire exprès. J'ai cassé la canne magique.

Makoto précisa, fielleux :

– En tapant sur le cul de Pascal.

Fanny glissa un coup d'œil ironique au Chef.

– Eh bien, tu peux être fier de toi...

Elle reprit, gravement :

– Parce que, dans cet avion que tu as fait tomber, il y avait du beau monde !

Nous échangeâmes tous un regard interloqué. Fanny prit un temps pour laisser monter la curiosité, puis elle lâcha en appuyant sur chaque mot :

– C'était un vol spécial qui transportait un Président de la République accompagné de plusieurs ministres et de quelques patrons des sociétés multinationales les plus importantes d'Europe !

Là, personne, même Makoto, ne trouva rien à répondre. On était tous assommés par cette incroyable nouvelle, comme si le ciel nous était tombé sur la tête en même temps que l'avion.

Le Chef se racla la gorge avant de demander d'une toute petite voix :

– Le Président de quel pays ? Ils l'ont dit, à ton satellite-tango ?

Manifestement, Fanny était aux anges en constatant les résultats de sa révélation.

– Ils l'ont même annoncé trois fois...

Elle marqua une pause, pour savourer le suspens.

– C'est le Président de la France !

Tout le monde laissa échapper un soupir consterné.

– En plus ! murmura le Chef accablé.

Makoto ricana :

– Ils nous lâcheront donc jamais, ceux-là !

Honoré grimaça son rire édenté.

– Ces Blancs, ils partent par la porte, ils reviennent par le ciel. Il faut les bouffer !

– Allons, Honoré, répliqua Fanny, choquée, même pour plaisanter, tu ne dois pas dire ces choses-là.

Comme d'habitude, le vieux Raphaël vint au secours de son copain.

– Il ne plaisante pas.

Fanny jeta un regard sévère à Honoré épanoui. D'un geste agacé, elle lui prit des mains la boule de verre avec laquelle il jouait, et la reposa sur son napperon. Au passage, elle se saisit d'un éventail qu'elle ouvrit d'un mouvement sec, puis elle se tourna vers le Chef.

– D'abord, il faut savoir s'il y a des survivants, parce qu'ils sont quand même tombés de très haut, tous ces Grands Types !...

– Dieudonné a vu des corps qui bougeaient.

Je confirmai de la tête. Pascal intervint :

– Moi aussi, j'ai observé l'avion depuis le bord du marigot. Il y avait des gens qui rampaient hors de la carcasse.

Elle les toisa.

– Et qu'est-ce que vous pensez faire ?

Les membres du conseil échangèrent un regard embarrassé. Le Chef prit la parole :

– Eh bien, d'abord, on a pensé prévenir le Canadien de l'écologie.

Makoto prit le relais :

– Puis on s'est dit que ça allait nous attirer tout un tas de monde qui viendrait nous emmerder...

Le soutien de Makoto avait rendu au Chef un peu d'assurance.

– Surtout que, maintenant, on sait qui était à bord. Alors, tu imagines la tribu des journalistes et des enquêteurs... Ils vont nous envahir la brousse ; ils vont nous gâter la tranquillité !

Les membres du conseil ratifièrent de la tête.

Comme toujours, pour marquer son approbation, le vieil Honoré laissa fuser entre ses chicots un crachat qui vint étoiler le sol. Dents serrées, Fanny fit un signe de tête à son fils. Emile Zola apporta un cendrier réclame de la bière Bracodi d'Abidjan qu'il plaça au pied du vieux.

Le mouvement d'éventail s'accéléra. Moi qui connaissais bien Fanny, je savais que c'était chez elle une manifestation d'agacement.

– Et finalement, demanda-t-elle sur un ton cinglant, quelle est la décision du vénérable conseil des sages de la tribu ?

Personne ne releva la perfidie. Makoto grattait la terre du bout de son orteil. Pascal était absorbé dans la contemplation des oiseaux du paravent. Les coudes appuyés sur les genoux, le Chef regardait par terre. Moi, je ne me sentais pas très fier.

– Eh bien, répondit le Chef sur un ton embarrassé. On va les laisser se débrouiller tout seuls.

Le claquement sec de l'éventail fit sursauter tout le monde.

– Ce qui signifie que vous les condamnez à mort, lâcha-t-elle, glaciale. Vous savez très bien que les Blancs ne peuvent pas vivre en brousse.

Makoto répliqua, agressif :

– Qu'ils crèvent tous du rhume des fesses ! Qu'ils se fassent bouffer, piquer, empoisonner. Les chacals et les vautours gratteront leurs os et on n'en parlera plus ! Tous ces Blancs nous ont fait assez de mal au temps de la colonie, en nous traitant comme des esclaves, en envoyant des régiments de nos papas et de nos grands-pères mourir le nez dans la neige, tués par des soldats qu'on ne connaissait même pas !

Il récolta l'approbation d'Honoré qui, cette fois-ci, cracha dans le cendrier. Pascal et Raphaël se réfugièrent dans un silence prudent. Le Chef semblait ébranlé par les arguments de Makoto. Fanny sentit qu'il lui fallait reprendre la situation en main.

– Makoto, tu raisonnes comme un Pygmée !

Ça, c'était une vraie insulte. On ne leur veut pas de mal, aux petits hommes de la forêt, mais on les considère comme des sauvages qui n'ont pas plus d'intelligence que les singes.

La bouche tordue en une grimace de rage, Makoto lui répondit.

– D'abord, je ne sais même pas ce que nous faisons ici, dans la case d'une femme. Le Chef est trop faible. On n'aurait pas dû venir chez toi. Tu n'as pas à intervenir dans la coutume.

Il ricana :

– Surtout quand on connaît ton passé !

Emile Zola et moi, on a échangé un regard angoissé : cette palabre était en train de tourner à l'affrontement entre ces deux-là qui se détestaient.

Les yeux étincelants de colère, Fanny lui rétorqua :

– Je n'ai pas honte de mon passé, mauvais nègre de

brousse ! Moi, au moins, j'ai voyagé, j'ai vu des pays pendant que tu restais le cul posé sur ta petite chaise devant ta case, à regarder passer les saisons...

Makoto haussa les épaules.

– Tu as surtout vu défiler des marins ! Même maintenant, tu ne peux pas t'empêcher d'avoir des Blancs dans ton lit.

D'un coup de menton méprisant, il désigna la poupée blonde en robe bleu pâle posée sur le canapé qui nous fixait de ses yeux de porcelaine.

Le Chef intervint :

– Ça suffit, maintenant ! On n'est pas ici pour se chicaner, mais pour régler le problème de cet avion.

Il devait restaurer son autorité, ébranlée par l'intervention de Makoto. Il interpella Fanny :

– Toi qui critiques toujours, est-ce que tu as une idée meilleure ?

Le mouvement d'éventail de Fanny avait repris une cadence régulière.

– Je me permets respectueusement de faire remarquer aux membres du conseil qu'ils sont sur le point de faire une grosse bêtise.

Elle marqua un temps de silence, savourant les regards outrés des anciens.

– Ecoutez-moi, reprit-elle en appuyant sur chaque mot. Le Canadien de l'écologie a bien attaché autour du cou de Monsieur Tobias, de Sophie, de Lulu et d'Hugo, des machines qui transmettent leur position à des satellites ?

Tout le monde s'est regardé, perplexe. Où voulait-elle en venir ?

– Bien sûr, répondit le Chef agacé. Quel rapport avec les Blancs ?

Les doigts bagués aux longs ongles mauves de Fanny firent à nouveau claquer l'éventail.

– Un rapport direct, monsieur le Chef. Si on accroche à des éléphants, au léopard, et même à l'hippo, des machines capables de les repérer n'importe où dans la brousse, tu peux imaginer que l'avion d'un Président de la République contient une machine dix fois plus puissante !...

Elle poursuivit, après avoir promené son regard sur les visages maussades des membres du conseil.

– En ce moment, il doit déjà y avoir des grandes palabres en France pour situer précisément l'endroit où est tombé l'avion. Ils vont envoyer des Grands Types pour fouiller la forêt avec les militaires de notre Président, et ils seront très fâchés lorsqu'ils découvriront que l'avion est tombé à côté d'un village dont les habitants n'ont pas bougé le petit doigt pour venir en aide aux survivants. Et tu sais que notre Président ne peut rien refuser aux Français. Voilà, conclut-elle, ce qui va se passer si on laisse ces Blancs abandonnés dans la brousse...

Un coq se mit à chanter. A travers les perles du rideau, on voyait poindre le jour.

Un silence embarrassé s'était abattu dans la case.

Assommés par cette évidence, les membres du conseil évitaient de se regarder.

Makoto rompit le silence :

– Ne l'écoutez pas. Cette femme-là voit son fonds de commerce qui vient à domicile, ricana-t-il. Elle veut faire boutique son cul avec les Blancs de l'avion.

Les yeux de Fanny lançaient des éclairs.

– Tu es un mauvais coquin, Makoto !... On ne parle pas comme ça à une dame de mon âge en présence de son enfant. Tu sais très bien qu'il y a plus de vingt-cinq ans que je ne fais plus boutique mon cul. J'ai le ventre plissé comme le genou de Monsieur Tobias et je suis une femme respectable.

Elle tourna ostensiblement le dos à Makoto.

– Puis je refuse de discuter avec des types qui ne sont pas courtois.

Le Chef demanda d'une voix mal assurée :

– Tu es sûre de ton histoire de machine qui donne la position de l'avion ?

Fanny confirma :

– Quand j'étais à la ville, j'ai vu un jour à la télévision un reportage sur un accident d'avion. Ils montraient la machine. Ça s'appelle un émetteur. C'est comme une petite valise en fer orange pas plus grande que ce coussin.

Le vieux Raphaël se racla la gorge. Il avait du mal à admettre la présence de ce fétiche espion.

– Et ton tam-tam à satellite, il ne se casse pas quand l'avion tombe ?

Derrière son éventail, Fanny eut un sourire indulgent.

– Je crois que c'est un tam-tam très, très solide...

Le Chef se leva, donnant le signal du départ.

– Fanny, je te remercie de tes informations. Il nous faut maintenant aller terminer le conseil des sages.

Très grande dame, Fanny serra la main de chacun des membres du conseil, ignorant Makoto qui, dans un haussement d'épaules, avait déjà franchi le seuil en faisant crisser exprès le rideau de perles.

On marchait sans rien dire au milieu de la rue du village qui s'éveillait.

Nous pensions tous à cette petite valise orange qui était en train de nous dénoncer au satellite là-haut...

Le Chef rompit le silence, résumant la pensée de chacun :

– Même si on trouvait la valise, elle continuerait d'envoyer ses messages au satellite, puisqu'on ne peut pas la détruire.

Honoré cracha par terre. On entendit crisser son rire édenté.

– Tu sais, il n'en resterait plus grand-chose, de leur tam-tam à satellite, s'il était piétiné par les éléphants !

Tout le monde s'arrêta. Honoré savait de quoi il parlait. C'était le seul du village à communiquer avec Monsieur Tobias et Sophie. Il possédait le secret des éléphants...

– C'est une bonne idée, reconnut Makoto, mais encore faudrait-il retrouver la valise...

Là, le Chef eut une idée de chef. Il héla un gosse qui courait et lui demanda de faire venir immédiatement tous les enfants du village devant la case de palabre.

Il décrivit aux gamins rassemblés la valise orange et les envoya dans la brousse avec mission de la récupérer, en leur recommandant *bien* de se cacher s'ils rencontraient les Blancs de l'avion.

Moi, en voyant tous les enfants courir joyeusement vers le marigot sous la conduite de Pascal, j'espérais qu'ils ne trouveraient jamais la machine, car j'étais de l'avis de Fanny : on ne devait pas abandonner les Blancs dans la forêt.

Mais, ce jour-là, les dieux n'étaient pas de notre côté car, deux heures plus tard, les enfants revenaient triomphants et déposaient deux valises blindées aux pieds du Chef. Elles étaient un peu cabossées, mais en grattant la terre, on pouvait lire sur l'une : « Navstar. GPS Communication module » et sur l'autre : « Flight recorder. Do not open ».

Les valises sous le bras, Honoré s'enfonça dans la brousse. Son copain Raphaël l'accompagnait. C'était un grand pisteur, Raphaël. En se repérant aux branches cassées, aux empreintes dans le sol et à la fraîcheur des excréments, il savait au quart d'heure près où présentement on pouvait trouver Monsieur Tobias et Sophie.

Il était trois heures de l'après-midi quand les deux vieux pénétrèrent dans la case fétiche où nous attendions leur retour. Ils étaient sales, leurs boubous étaient déchirés, mais ils avaient de grands sourires. Cette traque sur la piste des éléphants leur avait fait remonter la jeunesse...

Avec son sourire édenté, Honoré jeta sur le sol quatre morceaux informes de métal orange. Après le passage de Tobias, il ne restait des valises que ces lamelles d'acier plates comme des feuilles d'igname.

On s'est tous rendus au bord du marigot et on y a jeté les débris des émetteurs après les avoir bien barbouillés avec du sang de singe.

Dans un tourbillon d'eau rougie, les crocodiles happèrent en trois claquements de mâchoires les restes du satellite-tam-tam du Président de la France.

J'avais bien le cœur un peu serré en pensant à ces pauvres Blancs perdus dans la brousse et que personne ne viendrait jamais chercher, mais je faisais confiance à la malice de Fanny pour rendre cette fâcheuse situation un peu plus délectable...

4

– Vous avez remarqué : ils nous suivent.

Effectivement, là-haut, la troupe de singes accompagnait le duo, bondissant gaiement de branche en branche. Jojo haussa les épaules.

– Mettez-vous à leur place. Ils ne doivent pas avoir beaucoup de distractions dans cette brousse. C'est un peu comme si nous, on allait au zoo...

Ils se guidaient à la fumée qui s'élevait.

Une odeur âcre de kérosène et de bois brûlé leur arrivait par bouffées.

Web avait du mal à respirer dans cette chaleur lourde et oppressante, avec cette fichue côte qui lui coupait le souffle comme un coup de couteau à chaque inspiration. Il était complètement trempé de sueur. Il aurait bien aimé enlever sa veste, mais le moindre mouvement le ferait hurler de douleur et il voulait surtout ne rien demander à son compagnon imposé.

Jojo lui avait proposé de rester allongé pendant qu'il allait en repérage, comme il disait, mais Weber avait insisté pour l'accompagner. En réalité, il ne se sentait pas très tranquille à l'idée de rester seul dans cette forêt.

Le journaliste boitait allègrement, écartant les rideaux de lianes qui pendaient pour frayer un passage. Il ne semblait pas souffrir de la chaleur.

Les fragments de ciel que l'on percevait au-dessus

de la cime des arbres géants étaient d'un blanc laiteux que ne parvenait pas à trouer un soleil pâlot.

Jojo désigna un sac de golf qui gisait au pied d'un tronc.

– On dirait que certains avaient emporté leurs instruments de travail.

Il en tira un club qu'il utilisa comme canne pour soulager son entorse.

– Vous voyez que ça peut être utile, ces symboles du *farniente* capitaliste !

Il adressa un grand sourire à Weber qui réprima une grimace. Sainte-Croix ignorait-il qu'il remettait chaque année une coupe au tournoi de golf portant son nom et que lui-même avait un handicap de sept à Saint-Nom-la-Bretèche ?

Les rayons obliques qui filtraient entre les arbres géants leur révélaient des débris de carcasse qui jonchaient le sol de la brousse. Accrochés à des basses branches, pendaient des lambeaux de vêtements.

Web sentait monter une angoisse qu'il n'avait pas ressentie depuis l'enfance.

Un fracas de branches brisées les fit sursauter. A quelques mètres, un couple de charognards s'envola pesamment et vint se percher sur un arbre voisin. Là, se tenaient déjà deux rangées de vautours immobiles, alignés sur des branches verticales, telles de funèbres portées de musique.

Les deux hommes se dirigèrent vers l'endroit que venaient de quitter les vautours. Ils s'arrêtèrent, pétrifiés.

Sur le sol, des corps désarticulés avaient été déjà largement entamés.

Deux charognards n'avaient pas interrompu leur festin. Perchés sur un cadavre qu'ils fouillaient à coups de bec précis comme des scalpels, ils piquaient des morceaux d'entrailles.

– Ils sont en train de bouffer le ministre des Affaires étrangères, lâcha sobrement Jojo en désignant le cadavre éventré par les rapaces.

Weber reconnut le visage d'Aubin-Fogel, dont une joue avait déjà été déchiquetée. Il sentit une nausée lui monter à la gorge. Aubin-Fogel et lui se connaissaient depuis plus de trente ans. Ils avaient fait leur Sciences po ensemble. Déjà, à Henri-IV, ils étaient voisins de classe.

Il se détourna pour vomir.

A grands coups de club, le journaliste délogea les deux vautours qui décollèrent à contrecœur pour rejoindre les autres.

Les deux hommes reprirent leur marche.

Jojo poussa un juron. Il venait de trébucher sur un sac Vuitton. Il pointa son club sur une élégante mallette éventrée au pied d'un arbre.

– C'est d'un chic, cette brousse, maugréa-t-il. On se croirait sur les planches de Deauville un week-end de Kippour !

Web lui jeta un regard exaspéré.

– Vous ne pourriez pas vous dispenser de pratiquer votre humour grinçant ?

– J'aime me marrer, président, lui lança le journaliste. Question de nature.

– Et puis cessez de m'appeler président. Ici, c'est parfaitement ridicule.

– Et ailleurs, ce n'est pas ridicule ?

Piqué, François-Xavier allait répondre quand l'autre leva la main pour lui intimer le silence. Ils tendirent l'oreille.

Venant d'un coin d'ombre, leur parvenaient des gémissements.

Sous un tronçon d'aile recouvert de débris d'arbre, des cheveux bruns dépassaient. Les deux hommes s'accroupirent. Ils reconnurent le visage enfantin de Mathilde Duprée, la toute jeune secrétaire d'Etat au tourisme. La cage thoracique comprimée par l'aile, elle semblait avoir du mal à trouver son souffle. Elle avait les yeux fermés, la bouche entrouverte. Sa respiration était saccadée.

Jojo glissa délicatement la main sous l'omoplate de la jeune femme. Il se tourna vers Web.

– Prenez-la par l'autre épaule. Nous allons essayer de la sortir le plus doucement possible. Espérons qu'elle n'a rien à la colonne vertébrale.

La tenant chacun sous un bras, ils tirèrent vers eux le corps qui glissa facilement. L'aile de l'Airbus formait un abri qui l'avait protégé de la chute des lourdes branches brisées par la course de l'avion.

Son chemisier et sa jupe étaient déchirés. Weber se sentit troublé par l'image de cette jeune femme inanimée, à demi nue au milieu de la brousse.

Jojo apprécia d'un claquement de langue.

– Jolis seins, hein, président ! lui lança-t-il avec une œillade de voyou. On n'imaginerait jamais quand on la voit dans la cour de Matignon. Il faut dire que le tailleur Chanel, ça ne vous transforme pas vraiment en sex-symbol...

François-Xavier ne pouvait détacher son regard de la poitrine nue de la secrétaire d'Etat. Comme Carla, elle avait des petits seins d'adolescente aux aréoles très pâles. Des seins doux à embrasser dont les mamelons devenaient vite érectiles sous la langue.

Que pouvait-elle faire, Carla, en ce moment ?... Elle avait déjà dû entendre tomber les premiers flashes de France-Info sur l'avion disparu des écrans radar. Elle s'était installée dans son rôle de veuve occulte, sanglotant sur sa liaison cruellement interrompue, sans se douter que, dès le retour de la tournée présidentielle, son amant-patron avait l'intention de lui en signifier la fin. François-Xavier l'imaginait en train de compléter sa nécro, en essuyant ses larmes d'un Kleenex chiffonné qu'elle jetait nerveusement avant d'en puiser un nouveau dans la boîte posée à côté de son iBook, le dernier cadeau qu'il lui avait offert, pour l'anniversaire de ses trente-cinq ans...

Il se sentit rougir, d'autant plus gêné que Mathilde Duprée venait d'ouvrir les yeux. Il avait toujours été troublé par le regard des brunes aux yeux bleus.

– Où sommes-nous ? murmura la secrétaire d'Etat.

Jojo eut un geste vague.

– C'est une question à laquelle nous sommes bien incapables de répondre. Disons, quelque part en Afrique centrale...

Elle découvrit au-dessus d'elle la sinistre rangée de vautours au cou déplumé qui pointaient vers elle leur bec crochu. Elle eut un frisson.

– Quelle horreur !

– Ici, on appelle ça des croque-morts, commenta Jojo. Ils ont l'air d'apprécier vos collègues.

Elle s'assit en grimaçant, aspira une grande goulée d'air, referma les yeux, puis les ouvrit à nouveau, comme pour se persuader qu'elle ne vivait pas un cauchemar.

– Tous les autres sont morts ? demanda-t-elle d'une petite voix.

François-Xavier voulut l'apaiser, soucieux de tempérer la brutalité de Jojo.

– Mais non. Je suis certain que nous allons retrouver la majorité de nos amis.

Pas dupe de la platitude du propos, elle lui jeta un regard sceptique, puis entreprit de s'asseoir. Elle s'étira avec une grimace, fit fonctionner ses membres. Passant la main sur son torse, elle s'aperçut qu'elle avait les seins nus. Elle tenta sans succès de rajuster son chemisier déchiré, puis prit la veste que lui tendait Jojo.

– La nudité ne m'a jamais gênée, fit-elle. J'ai passé toutes mes vacances d'enfant avec ma mère à l'île du Levant.

Elle capta le regard de Web braqué sur sa poitrine.

– Apparemment, le naturisme, ça ne doit pas être votre trip, décréta-t-elle en enfilant la veste du photographe.

Elle se leva, jeta un coup d'œil circulaire.

– Vous avez pensé à appeler ?

Les deux hommes échangèrent un regard.

– Non.

Elle les toisa sévèrement puis, mettant ses mains en porte-voix, elle prit une puissante inspiration et poussa un hurlement :

– Ohé !... Il y a quelqu'un ?...Vous m'entendez ?

Surpris par la puissance de son cri, les vautours esquissèrent un mouvement d'aile inquiet et les singes affolés gagnèrent les hautes branches de l'arbre.

Elle se tourna vers les deux hommes.

– Je faisais partie de la chorale de Sainte-Opportune. On nous a appris à libérer notre voix.

Jojo hocha la tête.

– Vous semblez avoir eu une vie bien remplie, malgré votre jeune âge.

Elle rétorqua, glaciale :

– Ce n'est pas la peine de vous foutre de moi avec votre sourire protecteur de vieux macho. Je vous signale que j'ai également suivi des cours de taekwondo. C'était mon défouloir, en sortant de l'ENA.

Elle conclut sa mise en garde avec un sourire enfantin :

– J'ai dû abandonner quand j'ai cassé l'épaule de mon professeur.

En voyant le journaliste se faire ainsi remettre à sa place, Web ne put réprimer un sourire.

Ils entendirent un appel tout proche :

– Ohé... Où êtes-vous ?

La jeune femme jeta un regard triomphant à Jojo.

– Vous voyez que ça sert toujours, une chorale !

Elle remit ses mains en porte-voix.

– On est là !

Un craquement de branches lui répondit.

Ils mirent un moment à reconnaître les deux hommes en loques, aux cheveux brûlés, qui avançaient vers eux.

L'un était Elie Toledano, le fringant ministre de l'Environnement, l'autre, Reverchon, l'ancien ministre centriste du Commerce extérieur au temps où la droite était au pouvoir, actuellement chargé des relations internationales au sein du MEDEF.

Reverchon se laissa tomber sur le sol, épuisé. Les jambes allongées de chaque côté de son gros ventre, la tête penchée sur son double menton, le regard hébété, il ressemblait à un bébé boudeur.

– Des dizaines de corps désarticulés, murmura-t-il, des débris de ferraille fumants. Et cette odeur horrible qui vous prend à la gorge. Même en Indo, je n'ai pas connu ça...

A l'évocation de ce honteux passé colonial, les deux ministres de gauche échangèrent un regard réprobateur.

– On a l'impression de sortir de l'enfer, renchérit Toledano. Je pensais bien qu'on était les seuls survivants.

– Et comment vous en êtes-vous tirés ? lui demanda Jojo.

– Au moment du crash, on jouait aux échecs, dit Toledano. On s'est retrouvés côte à côte, accrochés à nos deux sièges au pied d'un arbre. Il ne manquait que l'échiquier. Un vrai miracle.

Web acquiesça.

– Je crois qu'on est tous les cinq des miraculés.

Reverchon leva la tête vers les autres.

– Vous pensez qu'il y a une chance pour qu'ils nous retrouvent ?

Mathilde se tourna vers Web.

– Si je ne m'abuse, président, c'est bien votre société qui fabrique les équipements de navigation aéronautiques ?

Jojo fut pris d'une envie de rigoler : même au beau milieu de la brousse, cette jeune ministre en loques retrouvait le ton caustique d'un grand commis de gauche s'adressant au P-DG d'une multinationale...

Weber acquiesça :

– Effectivement, les appareils civils sont équipés du Navstar 744, version simplifiée du Navstar 912 qui équipe les avions de l'armée de l'air et de l'aéronavale.

– Je suppose que la version simplifiée est quand même efficace, s'enquit Toledano.

– Tout à fait, répondit Web, mais c'est néanmoins un système devenu obsolète. Je me suis assez battu pour qu'on installe à bord de nos longs courriers des systèmes GPS type SLGR de Trimble Navigation qui équipent les appareils des compagnies américaines. Les satellites arrivent à situer leur point de chute avec une précision de trente mètres.

Il poussa un soupir.

– Après six mois passés à me faire balader de commission en commission, votre secrétaire d'Etat aux Finances m'a finalement annoncé que ça n'entrait pas dans l'enveloppe budgétaire.

Ulcéré par le souvenir de ces interminables et vaines réunions, il donna libre cours à sa rancœur.

– Tout ça pour financer vos soi-disant acquis sociaux, payer les indemnités de licenciement de vos chômeurs professionnels et les primes des sans-logis maliens. Ah, elle est belle, la démagogie de gauche !

Toledano et Mathilde échangèrent un regard outré par cette attaque inattendue.

– Vous croyez que c'est vraiment le moment opportun pour vous laisser aller à vos relents de nostalgie thatchérienne ? lui lança Toledano pincé.

– Je dois reconnaître qu'il n'a pas entièrement tort, lâcha le gros Reverchon qui semblait retrouver ses esprits.

Un gloussement les fit tous se retourner. Jojo n'avait pas pu contenir son fou rire devant ce saugrenu règlement de comptes politique.

Une série de glapissements joyeux lui répondit. C'étaient les singes là-haut qui ne perdaient rien du spectacle. Babines retroussées sur leurs dents pointues, ils manifestaient leur soutien à Jojo. Enfin quelqu'un qui rigolait dans cette fichue brousse. Ils étaient d'autant plus heureux, les babouins, qu'un nouvel acteur venait de faire son entrée dans l'arène. Cette fois-ci, c'était une femelle.

Elle semblait presque impeccable, l'hôtesse de l'air, dans son uniforme bleu ciel. Bien sûr, sa jupe était déchirée sur toute la longueur, elle avait perdu le talon bobine d'une de ses chaussures, mais elle avait trouvé le temps de rajuster sa blouse et de relever ses cheveux en chignon comme l'exigeait la compagnie. Elle jeta un regard soulagé sur les cinq rescapés tournés vers elle.

– Le Président est vivant, annonça-t-elle.

Mathilde réagit la première :

– Où est-il ?

– Pas loin. Il ne peut pas se déplacer. J'étais auprès de lui quand j'ai entendu vos appels.

Sur les pas de l'hôtesse, le petit groupe devenu silencieux s'enfonça dans la forêt.

– Qu'a-t-il exactement ? murmura le journaliste qui était venu se placer au côté de l'hôtesse.

Elle se tourna vers lui, frappée par l'angoisse qu'elle sentait dans sa voix.

– Je ne sais pas. Il a du mal à respirer. J'ai tenté de lui venir en aide avec les quelques notions que l'on m'a apprises en stage de secourisme, mais je crains que cela ne serve pas à grand-chose.

Le Président était allongé sur le dos. Sa nuque reposait sur une couverture pliée. Il tourna la tête vers le groupe qui se tenait à l'écart, impressionné comme lors d'une attente d'audience.

Il fit un léger signe de la main en direction de l'hôtesse qui vint s'accroupir près de lui.

– Faites venir Sainte-Croix, murmura-t-il.

Comme elle se relevait, il précisa :

– Seul.

Elle se leva, s'approcha de Jojo.

– Il veut vous voir, fit-elle.

Les autres échangèrent un regard interloqué. Jojo les rassura d'un sourire.

– On se connaît depuis plus de trente ans.

Le journaliste fut frappé par les joues creusées, le teint cireux de ce profil si familier. Le visage du Président s'éclaira en rencontrant le regard inquiet de son ami.

– Mon vieux Jojo. Je suis content que tu t'en sois tiré.

Emu, le journaliste lui prit la main.

– Toi aussi. Toujours ta légendaire baraka.

Le Président eut une grimace.

– Elle me paraît avoir du plomb dans l'aile, ma baraka...

Il fit un effort pour reprendre son souffle. Le journaliste sentit sa main se crisper.

– Où en est-on ?

– Les recherches sont sûrement lancées. Weber dit que son système de GPS est infaillible.

– C'est un con.

Jojo sourit en retrouvant les jugements lapidaires de son ami.

– Tu vois que tu ne vas pas si mal que ça...

– Dès que je tente le moindre mouvement, j'ai l'impression que ma poitrine va éclater. Regarde.

Jojo écarta le vêtement du Président. Il ne put retenir une grimace en voyant l'étendue de la brûlure et les morceaux de tissu calciné incrustés dans la plaie qui s'étalait sur tout le flanc. Relevant la tête, il croisa le regard du Président qui le guettait.

– C'est moche, hein ?

Il poussa un soupir.

– Tout ce travail pour venir crever dans un coin de brousse... Et Raynal, ce moinillon de la gauche plurielle, qui va me rendre un vibrant hommage au journal télévisé de vingt heures tout en préparant des élections anticipées. Ça devrait te plaire, toi si prompt à cultiver le sarcasme...

– Ne dis pas de bêtises, Pierre. Tu vas t'en sortir, comme d'habitude.

L'autre lui lança un regard amusé.

– Tu n'as jamais su mentir, mon vieux Jojo... Je n'ai qu'à voir ta tête pour y lire mon diagnostic !

Il lui rendit sa main.

– J'ai un peu froid. Allez, va rassurer les autres qui doivent être en train de spéculer sur mes dernières volontés. Dis-leur que j'ai juste quelques contusions.

– Toujours ton goût du secret.

– Que veux-tu, on ne se refait pas. Et en période de cohabitation, cela fait pratiquement partie des devoirs de ma charge.

Jojo se leva à contrecœur.

– Envoie-moi l'hôtesse ! Tu sais que j'ai toujours apprécié la présence des femmes.

– Oh, ça oui !

En se dirigeant vers les autres, Jojo se composa un visage conforme à l'image que voulait communiquer son vieil ami. Le gros Reverchon, en tant qu'ancien ministre du gouvernement de la droite, le happa en premier.

– Alors, comment va-t-il ?

Le visage serein, Jojo transmit le message que souhaitait le Président.

– Bien. Il a été choqué, mais il sera très vite sur pied. Vous le connaissez !

Tandis que les membres du groupe exprimaient leur soulagement, il se tourna vers l'hôtesse qui avait accueilli avec stupeur le rapport optimiste du journaliste.

– Il souhaite votre présence.

Elle rosit de fierté.

– Il a dit ça ?

Il acquiesça.

Le regard brillant, l'hôtesse se hâta de regagner son poste.

Jojo dissimula un sourire.

Même au fond de ce coin de brousse, même incapable de se mouvoir, son vieux copain commençait déjà à régir le petit monde des rescapés.

5

La calebasse de vin de palme circulait entre les membres du conseil réunis à nouveau.

Face aux sages, Pascal et moi venions de faire notre rapport sur les Blancs de l'avion. Nous avions passé toute la matinée à les guetter en nous dissimulant dans la forêt.

Le Chef s'essuya la bouche du revers de la main.

– A part ces sept-là, demanda-t-il, vous êtes sûrs qu'il n'y a pas d'autres survivants ?

– Certains, lui répondit Pascal. On est allés partout où il y avait des débris de l'avion, les passagers étaient en petits morceaux.

Raphaël demanda, impressionné :

– Vous êtes sûrs que le type qui est couché, c'est le Président de la France ?

J'ai opiné.

– Je l'ai bien reconnu. Quand j'étais à Douala, il y avait plein de reportages sur la campagne présidentielle française à la télé.

Pascal a renchéri :

– Et moi, j'ai vu sa tête sur un boubou qu'on vendait au marché.

Le silence retomba dans la case.

Raphaël demanda :

– Alors nous, qu'est-ce qu'on va faire ?

Makoto lui répondit, brutal :

– Qu'est-ce que tu veux faire ? On les laisse se dépatouiller.

On entendit grincer le rire du vieil Honoré qui était accroupi dans l'ombre.

– Lulu va les bouffer.

– Et les fourmis de brousse finiront les restes, renchérit Raphaël.

– N'oubliez pas que les vautours sont revenus, dit le Chef.

– Même leur avion va se faire digérer par la forêt, conclut Makoto épanoui. Dans six mois, la nuit du gros potin ne sera plus qu'un cauchemar !

Pascal et moi, qui représentions le clan des modérés, on a échangé un regard indigné, mais je savais bien que mon timide allié n'oserait pas s'opposer à la majorité.

Je pris la parole :

– Ce que vous dites n'est pas convenable. On ne doit pas laisser les gens en perdition sans leur prêter assistance.

Makoto ricana :

– Ils nous ont prêté assistance, les négriers blancs quand ils nous enchaînaient à fond de cale pour nous vendre sur les marchés d'esclaves ?

Là, je trouvais qu'il exagérait. D'accord, autrefois, les Blancs avaient souvent des esclaves noirs, mais c'étaient les Arabes qui leur vendaient le bois d'ébène, c'est comme ça qu'on appelait nos grands-parents. J'ai décidé de lui rabattre le caquet, à cet ignorant de Makoto.

– Les faits que tu relates, lui dis-je posément, se sont passés il y a très longtemps. Les choses ont bien changé. Maintenant en Europe, il y a des Africains qui sont devenus des Grands Types. Il y en a même qui parlent à la télévision.

A présent, dans la case, tout le monde, Chef inclus, suivait cet affrontement avec passion. Chez nous, on est friands de la bonne palabre.

Makoto a haussé les épaules.

– Tu mens, lança-t-il avec mépris, les Blancs sont toujours les mêmes. Ils n'ont jamais cessé de faire le trafic des nègres. Regarde les équipes de football !

Cet argument amena un nouveau silence. Il avait indubitablement marqué un point. Je devais réagir très vite car ce type-là était de mauvaise foi. Le football, je connaissais car, quand j'étais à Douala, j'avais été gardien de but dans l'équipe B des Lions indomptables.

– Makoto, ce que tu dis là n'est pas correct. Tu sais très bien qu'ils vendent également des joueurs yougoslaves et arabes.

Mon contradicteur éclata d'un grand rire.

– Ah, tu le reconnais toi-même ! Cela prouve tout bonnement que leur commerce de chair humaine s'est encore élargi !

Je serrai les poings. Avec sa ruse, Makoto avait retourné mon argument contre moi.

Je constatai, à voir le regard qu'échangeaient les membres du conseil, que la dialectique de ce gredin les avait impressionnés...

J'en eus la confirmation lorsque le Chef demanda aux sages de la tribu :

– Est-ce que la majorité du conseil est d'accord pour que nous laissions les Blancs de l'avion se dépêtrer tout seuls ?

Chacun plaça devant lui une pierre pour exprimer son vote.

Je voyais s'aligner les pierres blanches, en approbation à la question posée par le Chef. Même Pascal, après avoir hésité, se rallia à la majorité en évitant de croiser mon regard. J'eus droit au sourire de Makoto lorsque je posai sur la terre battue l'unique caillou noir.

Ensuite le Chef coucha sur le sol la nouvelle canne de palabre qu'il tenait droit dans sa main. C'était le signe que le conseil était terminé.

On venait d'abandonner les Blancs de l'avion à leur sort.

J'ai dû attendre qu'ils aient tous regagné leur case pour me rendre chez Fanny Bangala. Je fis le tour par l'arrière du village. J'étais le seul opposant. Je ne voulais pas, en plus, passer pour un espion qui allait dévoiler nos délibérations secrètes à Fanny.

Derrière son rideau de perles, éventail à la main, Fanny m'attendait, installée dans son grand fauteuil à bascule. Elle portait un turban et un boubou rouge et jaune.

Emile Zola, qui était venu épier les Blancs avec moi, l'avait déjà mise au courant de la situation des sept survivants.

De sa grande main aux doigts bagués d'or, elle m'invita à prendre place sur le canapé au côté de la poupée blonde.

– Je brûle d'apprendre ce que le vénérable conseil des sages a décidé, lâcha-t-elle avec malice.

Je lui rapportai fidèlement les propos qui s'étaient échangés dans la case de palabre.

Lorsque je citai l'intervention de Makoto, le visage de Fanny resta impassible. Seule, l'accélération de l'éventail traduisait son agacement.

Lorsque j'eus terminé, elle garda le silence. Dans la case, on n'entendait que le couinement du fauteuil à bascule.

Emile Zola et moi échangeâmes un regard inquiet. Aucun de nous deux n'osait interrompre la réflexion de Fanny.

Le regard fixé droit devant elle, elle parla enfin :

– Mon satellite-tango a dit cette nuit que les recherches continuaient, mais si les crocodiles ont bouffé l'émetteur, il est évident qu'on ne les trouvera jamais !

A nouveau, le silence retomba.

D'un claquement d'éventail, elle marqua la fin de sa méditation.

– Ce Makoto est un scélérat. Et le Chef n'a pas de caractère.

Elle avait une expression émouvante que je ne lui connaissais pas.

– Ecoutez-moi, mes petits. Les Blancs ont fait des bêtises, c'est vrai, mais on leur doit beaucoup.

Elle pointa son doigt sur le beau mobilier de la case.

– Sans eux, je n'aurais pas tout ça !

Elle s'adressa à moi :

– Réponds franchement, Dieudonné. Est-ce que les Blancs t'ont fait du mal ?

Moi, j'ai tout de suite pensé aux Bourgouin, Jean-Claude et Isabelle dont j'avais été le boy pendant six mois, à Douala. Monsieur Jean-Claude, c'était un petit barbu toujours en short avec des chaussettes et des sandales. Conseiller pour la culture du riz, il faisait la piste avec sa R4 de service immatriculée TTC en lettres blanches sur fond vert. Tous les coopérants avaient les mêmes plaques, c'est pour cela qu'on les appelait les Culs verts. Monsieur Jean-Claude avait toujours *Le Nouvel Observateur* de la semaine précédente qui dépassait de la poche de sa saharienne pour qu'on sache qu'il était un homme de gauche et pas un colon. Il m'offrait des cigarettes en me disant qu'il se sentait mieux ici qu'en métropole, et qu'il s'entendait très bien avec les gens de couleur. C'est comme cela qu'il nous désignait.

Dès le premier jour, il m'a interdit de l'appeler patron. Il trouvait que ça rappelait la colonie. A la place, il voulait que je dise Jean-Claude et Isabelle. Moi je ne pouvais pas appeler des Blancs par leur prénom. Alors on a décidé que ce serait Monsieur Jean-Claude et Madame Isabelle.

Madame Isabelle, une blonde à grosse poitrine, était également coopérante. Mais dans l'enseignement. Elle occupait un poste important. Elle était directrice de l'école maternelle.

Un jour, je travaillais au jardin. On était en pleine saison sèche. Il faisait plus de quarante degrés à l'ombre. Je m'étais mis torse nu. Elle est venue près de moi. Elle devait sortir de sa douche, son tee-shirt était tout trempé et collait à ses gros seins.

Elle a passé la main sur mes épaules et murmuré d'une drôle de voix que je ne lui connaissais pas :

– Tu es costaud, Dieudonné. On ne dirait pas quand tu es habillé.

Moi, j'étais gêné, et puis elle a continué à me caresser la poitrine. J'étais honteux parce que je me sentais durcir. Ça ne se fait pas pour un boy.

J'ai cherché à m'éloigner. Elle m'a retenu par la ceinture de mon short. Sa main est descendue et elle a commencé à me malaxer à travers le tissu. Je n'osais pas la regarder. Jamais je n'aurais imaginé qu'une Blanche puisse avoir des manières comme ça. Il faut dire que j'avais dix-huit ans. Ensuite sa bouche est venue se coller à la mienne. Elle m'a enfoncé sa langue. Elle sentait le whisky. A travers le tissu, il y avait le bout de ses seins durs comme des cailloux. Moi, je mourais de trouille... et sa main qui me tripatouillait toujours la braguette.

Elle a murmuré avec sa drôle de voix :

– J'aime ta peau. Elle est douce. Jamais je n'ai fait

l'amour avec un homme de couleur. C'est vrai que vous avez une queue énorme ?...

De plus en plus enrouée, elle a rajouté :

– Je te choque ?

Je ne pouvais pas dire oui, alors j'ai balbutié :

– Non, Madame Isabelle.

– Appelle-moi Isa, et mords-moi le bout des seins. Plus fort.

La bouche écrasée contre sa grosse poitrine, j'arrivai à articuler :

– Mais si Monsieur Jean-Claude nous voit...

– Ne t'inquiète pas, il fait sa sieste. Entre nous il y a une totale liberté. On s'est connus en 68.

Moi, j'ai fait :

– Ah, bon.

En parlant, elle s'était accroupie.

Tu m'imagines, moi, avec une Blanche à mes genoux, et en plus une directrice d'école !

Elle a défait ma braguette et commencé à sucer mon bangala...

Pendant qu'elle me faisait putain la bouche, je guettais par-dessus la haie d'orchidées léopard en espérant que Monsieur Jean-Claude ne se réveillerait pas plus tôt que d'habitude. J'étais intimidé, et ça a duré longtemps. Après, elle s'est relevée, m'a caressé la joue avec un gentil sourire, comme elle devait faire à ses élèves méritants et elle est partie rejoindre son mari sous la moustiquaire.

Si un jour, on m'avait dit que je viderais mes couilles dans la bouche d'une coopérante de l'enseignement !

On n'en a plus jamais parlé après. Simplement, la semaine suivante, Madame Isabelle m'a dit qu'elle devait se séparer de moi. Elle prenait une femme à ma place. Elle m'a dit que c'était mieux pour s'occuper des enfants. Moi, je m'entendais bien avec les petits.

Je n'avais pas à discuter car Madame Isabelle savait mieux que moi ce qui était bon pour ses enfants et en plus elle faisait partie de l'enseignement.

– Tu ne dis rien, Dieudonné. Les Blancs t'ont fait du mal ?

Elle avait l'air inquiet, Fanny, parce que je n'avais pas répondu tout de suite à sa question. Je secouai la tête.

– Non, Fanny. Je n'en garde que de bons souvenirs.

Elle fut rassurée.

– Bien.

Elle se tourna vers Emile Zola.

– Quant à toi, mon fils, n'oublie pas que ton père est blanc. Dans tes veines, coule le même sang que celui de ces gens qui risquent de mourir dans la brousse.

Emile Zola n'avait jamais vu son père. Fanny lui avait dit qu'il était goûteur pour le café. Un Grand Type, avait-elle précisé : un des trois meilleurs spécialistes du Robusta dans le monde entier. Il avait emmené Fanny chez lui, en Alsace, mais l'exotique personnalité de Fanny avait provoqué un tel émoi dans ce village du Bas-Rhin que l'ambiance était devenue vite irrespirable. Elle n'avait pas tenu plus de six mois dans la terne famille du goûteur. Elle était rentrée en Afrique avec son bébé blanc.

Fanny nous embrassa d'un même regard affectueux.

– Mes garçons, vous êtes les deux seuls sur lesquels je puisse compter.

On a tous les deux incliné la tête. Elle a ratifié notre alliance d'un bref sourire, puis son regard est redevenu grave. Son beau visage, d'habitude si prompt à laisser éclater son rire magnifique, était soucieux. A travers les mouvements de l'éventail, je voyais luire ses yeux.

Elle avait un regard méchant. Pour la première fois, je me rendis compte que c'était une guerrière.

– Il n'est pas question, lâcha-t-elle d'une voix dure, de laisser Makoto, ce petit nègre raciste et obtus, faire la loi dans le village.

Puis son ton se radoucit.

– Et le Président, questionna-t-elle, vous ne savez pas de quoi il souffre ?

Emile Zola et moi, on a échangé un regard impuissant.

– On était loin. Tout ce qu'on a vu, c'est qu'il était allongé, dit-il.

Je confirmai.

– On était obligés de se cacher. En tout cas, il a la fièvre.

– Ils ont de l'eau, les Blancs ? demanda-t-elle.

– On a aperçu plein de petites bouteilles d'eau minérale de l'avion au milieu des débris, lui répondit son fils. Comme c'est du plastique, elles ne sont pas brisées.

J'ai précisé :

– Mais les Blancs ne les ont pas vues.

Elle haussa les épaules.

– Ces Blancs-là ont l'habitude d'être servis. Ils ne les trouveront jamais si on ne leur met pas sous le nez. Vous allez y retourner et vous placerez les bouteilles en évidence pour qu'ils aient l'impression de les découvrir. Mais attention, surtout ne vous faites pas voir !

Elle se leva, majestueuse dans son boubou rouge et jaune drapé sur ses fesses énormes.

– Moi, je vais parler au Chef, lança-t-elle en repliant son éventail d'un claquement sec.

6

Devant la case du Chef, ses deux femmes, Marie-Arlette et Marie-Rose – dans le village toutes les filles s'appelaient Marie depuis le passage du père Chamarat, missionnaire auvergnat spécialisé dans le baptême express –, étaient en train d'écraser les petites bananes séchées pour faire de la farine de plantain. En voyant apparaître l'imposante silhouette de Fanny, fonçant vers elles comme un vaisseau de haute mer, elles échangèrent un regard inquiet. Les femmes du village n'aimaient pas Fanny. Son passé de courtisane des ports, son enfant blanc, le fait qu'elle s'adresse aux hommes d'égal à égal, tout cela faisait peur aux épouses élevées dans le respect frileux de la coutume. Fanny était parfaitement au courant des sentiments que lui portaient les femmes. On lui avait répété tellement de commérages lors de son retour avec son bébé aux yeux verts qu'elle avait décidé d'ignorer une fois pour toutes les femelles de N'Dangiok.

Elle apostropha les deux épouses qui s'étaient replongées dans leur travail.

– Je veux voir le Chef.

Marie-Rose, la plus jeune et la plus hardie des deux, releva la tête.

– Tu ne peux pas le voir. Il a demandé à ne pas être dérangé. Tu n'as pas le droit d'entrer.

Elle s'était levée, osant affronter Fanny qui la dépassait d'une tête.

Fanny haussa les épaules, l'écarta d'une bourrade et pénétra dans la case malgré les protestations des épouses.

Elle mit un moment à s'habituer à la pénombre qui régnait à l'intérieur de la pièce. Le Chef était allongé sur une natte. Près de lui étaient posés une calebasse de vin de palme et un gobelet d'étain.

Les mains sur les hanches, Fanny le toisait de toute sa hauteur.

– Je suis venue te parler des Blancs de l'avion.

Le Chef leva les yeux sur elle. Il avait l'œil brillant et la paupière lourde. Apparemment, il n'en était pas à son premier gobelet. Tout le monde au village connaissait le goût du Chef pour le vin de palme qu'il confectionnait lui-même.

– Tout a été réglé ce matin, lui répondit-il d'une voix légèrement pâteuse. On ne revient pas sur une décision du conseil des sages.

Il eut un geste las.

– Laisse-moi tranquille.

Fanny chercha autour d'elle, avisa une petite chaise de palabre qui disparut lorsqu'elle y posa ses fesses.

Elle se pencha vers lui et parla d'une voix douce. On sentait l'expérience d'une femme qui, durant des années, avait su flatter la vanité des hommes.

– Tu n'es pas un mauvais homme, moi je le sais. Il est dommage que tu te laisses rouler dans la farine par des gens qui ne t'arrivent pas à la cheville !

Venant de l'extérieur, parvenaient des murmures.

Fanny se retourna vers les deux épouses dont les têtes pointaient à la porte de la case.

– Allez, ouste, lança-t-elle aux deux femmes. Déguerpissez, vous autres !

Les têtes disparurent.

Poussant un soupir résigné, le Chef entreprit de s'asseoir. Fanny eut un regard en direction de la calebasse.

– Tu ne m'offres pas un verre ? lui demanda-t-elle avec un sourire enjôleur.

Le Chef s'exécuta. Fanny dégusta lentement le vin de palme, dans un silence respectueux. Elle eut une moue de connaisseuse.

– Superbe. Juste parfumé comme il faut, et puissant en même temps. Je te fais mon compliment. C'est un vrai vin de Chef.

Une expression de fierté se lut sur le visage de son hôte. Cet éloge lui allait droit au cœur. Du coup, il se resservit un gobelet.

– Je ne voudrais pas, lui dit Fanny d'une voix douce, être obligée d'aller prévenir le Canadien de l'écologie.

Le Chef s'étrangla dans son vin de palme.

– Mais c'est du chantage !

– Appelle ça comme tu veux. Moi, je dirais que c'est de l'assistance à personne en danger. N'oublie pas que j'ai eu un mari blanc.

Le Chef lui jeta un regard agressif.

– Toi ? Tu n'as jamais été mariée !

La grande main de Fanny balaya cette argutie d'un geste désinvolte.

– On n'est pas là pour évoquer le passé. Je veux te parler du Président de la France. Il va très mal.

– Comment tu sais ça, toi ? lui jeta le Chef, hargneux. Je suis sûr que c'est par Dieudonné, le copain de ton fils.

– Ça n'a pas d'importance.

Elle souleva la calebasse, emplit le gobelet qu'elle lui tendit.

– Tu es un Chef. Cet homme malade dans la brousse est un Chef. Vous devez vous entraider.

Il haussa les épaules.

– Si j'étais malade en France, personne ne me viendrait en aide.

– Ne crois pas ça ! En France, ils ont des équipes de docteurs spéciaux qui ne s'occupent que des nègres malades. Si tu n'es pas guéri au bout d'une semaine, des cousins sénégalais, ivoiriens, maliens occupent les églises et font des grèves de la faim. Après, les infirmières se mettent en grève. Il y a des pages entières dans les journaux. Enfin des comités de soutien se forment, des pétitions circulent et les artistes les plus connus descendent dans la rue. Voilà, conclut Fanny, ce qui se passerait en France si tu étais malade !

Impressionné par ce tableau, le Chef liquida son gobelet d'un trait.

– Même si je souhaitais intervenir, je ne pourrais pas aller contre la décision du conseil.

Le visage épanoui par cette victoire qu'elle sentait proche, Fanny jeta un coup d'œil vers l'entrée de la case pour s'assurer que les deux commères n'étaient plus aux aguets, ensuite elle déplaça sa chaise de palabre pour être tout près du Chef.

– Personne ne sera au courant. On ira chercher le Président la nuit prochaine pendant que les Blancs dorment, murmura-t-elle, et puis on l'emmènera dans la case fétiche. On ne passera pas par le village.

La case fétiche était située à l'écart du village, sous le manguier, l'arbre sacré. Le Chef fronça le sourcil. Il lui fallut le temps de laisser l'idée cheminer dans son esprit embrumé par l'alcool.

– Tu es folle, Fanny, marmonna-t-il. Tu nous vois tous les deux aller chercher le Président et le porter jusqu'à la case fétiche ?

– Emile Zola et Dieudonné s'en chargeront, dit-elle.

Il la fixa de son regard noyé.

– Tu as vraiment tout prévu... Sauf un détail : je suis féticheur mais, pour guérir un type mourant, surtout s'il est président, il faut de la grande magie, et ça je ne sais pas...

– On pourrait faire venir N'Gong.

Le Chef resta silencieux.

N'Gong était un Pygmée connu pour ses dons de sorcier. Des gens parcouraient des centaines de kilomètres pour le consulter dans son campement de la forêt des Abeilles. Une vraie célébrité.

Le Chef secoua la tête.

– Tu sais bien que, si je vais le voir, il ne voudra pas venir. Je suis bantou et les Pygmées détestent les Bantous.

Fanny lui glissa un regard narquois.

– A force de les traiter comme des petits singes, tu t'étonnes qu'ils ne vous portent pas dans leur cœur ?...

Elle eut un sourire rassurant.

– Nous irons tous les deux. Tu me guideras dans la forêt des Abeilles. C'est moi qui parlerai au Pygmée. Il n'a pas de raison d'avoir peur d'une femme.

Dépassé par ce plan si parfaitement élaboré, le Chef poussa un soupir de lassitude. Il tenta encore de la dissuader.

– Tu sais qu'il ne se déplace pas pour rien, N'Gong. Il a un tarif de spécialiste.

Elle hocha la tête.

– Je sais. Il apprécie les bijoux, le sel, l'huile et le tabac. Je m'en charge. Trouvons-nous demain au coucher du soleil devant la case fétiche.

Elle se leva, toute guillerette et, au passage, termina le gobelet de vin de palme. Elle eut un claquement de langue.

– Compliment. C'est vraiment un vin de Chef !

En sortant, elle marqua une pause devant les deux épouses qui baissaient ostensiblement la tête à son passage. Elle jeta un coup d'œil en direction de la farine au fond de la bassine et eut une moue.

– Ça n'avance pas très vite, votre boustifaille ! Il faudrait lui trouver une troisième femme à votre mari !

Elle éclata de son rire superbe et repartit, accompagnée par les insultes hargneuses des deux épouses.

La silhouette majestueuse de Fanny glissait dans la rue ocre du village, son boubou multicolore gonflé par le vent comme un spinnaker sur la Route du Rhum.

7

Autrefois, on coulait des jours paisibles dans le village. On pouvait passer des heures entières à suivre la course des nuages au-dessus des arbres si hauts qu'ils trouaient le ciel, comme disaient les anciens.

Rien ne semblait capable de changer le cours éternel du temps. Après la petite saison des pluies, venait la grande saison des pluies, ensuite la saison sèche, et puis, à nouveau, la petite saison des pluies.

La vie était rythmée par les fêtes, les palabres, les sorties pour nous rendre quatre fois par an au petit marché de Yafang ou au grand marché de Bassi. On allait aussi pêcher les capitaines de lagune ou chasser la viande, en prenant bien soin de ne pas tuer les animaux munis d'un collier émetteur. Pour les jeunes hommes du village, il y avait en prime les petits câlins du jour le long de la piste avec les jolies cousines, préliminaires des grands câlins sous la lune au bord du marigot. Bref, une vie douce et harmonieuse.

Mais depuis la nuit du gros potin, tout était bouleversé. En tout cas pour Emile Zola et moi. On n'arrêtait pas d'aller se cacher dans la forêt pour épier les Blancs. Maintenant, on venait de placer les bouteilles de l'avion au beau milieu de la clairière, au risque d'être surpris alors qu'on venait à leur secours. On avait également disposé là deux douzaines de bananes, en espérant qu'ils les trouvent avant que les singes les bouffent.

A peine de retour, Fanny voulut qu'on retourne en brousse pour transporter le Président mourant jusqu'à la case fétiche !

Je les aimais bien, les Blancs, mais il était temps que ça finisse. Emile Zola partageait mon avis. Pourtant il était à moitié blanc.

On a essayé de faire comprendre à Fanny qu'on était épuisés par tous ces allers-retours. Cette opération kidnapping était une folie, les Blancs finiraient par nous surprendre, le Président serait mort demain. Rien n'y fit.

Les mains sur les hanches, elle nous rabroua, nous accusa d'être des poltrons et de ne pas montrer plus de jugeote que les autres hommes du village. Avions-nous vraiment envie d'être dans le clan de Makoto ?

Tête basse, on s'est soumis. On ne tient pas tête à Fanny.

Dans l'après-midi, on est allés couper des branches pour confectionner un brancard que l'on a tapissé de feuilles. Après l'avoir soigneusement dissimulé, nous sommes rentrés au village pour attendre que la nuit soit tombée.

Fanny était occupée à préparer son paquet-cadeau pour le Pygmée : un paquet de sel, deux bouteilles d'huile et cinq boîtes de tabac à chiquer qu'elle avait échangées au vieil Honoré contre une bouteille de Bénédictine qu'elle gardait en souvenir de son bon vieux temps. Le bonhomme avait bien marqué quelque surprise devant ce penchant soudain de Fanny pour le tabac à chiquer, mais la vue de la liqueur verte avait aussitôt ramené un sourire édenté sur son visage plissé comme celui d'un vieux singe.

Elle était tout excitée, Fanny. Plus approchait le moment de son expédition dans la forêt des Abeilles, plus ses yeux brillaient comme ceux d'une enfant qui se prépare à jouer un bon tour... Sitôt le soleil disparu, elle nous souhaita bonne chance et partit, son ballot sur la tête, rejoindre le Chef derrière la case fétiche.

Peu de temps après, nous nous sommes mis en route pour notre commando.

Je ne suis pas près de l'oublier, l'expédition pour aller chercher le Président...

Tapis dans les feuilles, nous observions les Blancs à travers les lianes. La lune était presque pleine. Heureusement, elle ne perçait pas sous les grands arbres.

Les uns après les autres, les Blancs ont fini par s'endormir. On a encore attendu de longues minutes, et puis on est repartis, en faisant attention de ne pas trébucher sur les corps des dormeurs. Soudain, on s'est figés. Un des Grands Types rêvait tout haut. On l'a entendu prononcer des mots étranges : Cac 40, Dow Jones, Nasdaq, puis il a parlé d'une certaine Carla, et enfin il s'est tu. Alors on s'est remis en marche. Nous avions une de ces trouilles...

Devant nous, était étendu le Président. Tout près de lui, la grande femme blonde était lovée comme une chienne. On ne se sentait pas rassurés. Même endormi au milieu de la brousse, c'était quand même le Président de la France !

Emile Zola s'est placé côté tête, moi, côté pieds. Quand on a commencé à le soulever, le Président s'est mis à gémir. Alors la femme blonde a ouvert les yeux et levé la tête. Paniqués, on s'est regardés, et là, Emile Zola a eu un réflexe que j'ai admiré : du plat de la main, il a donné un grand coup sur le front de la femme qui est aussitôt retombée. Assommée. Il m'a adressé un geste confus et nous avons à nouveau soulevé notre respectable fardeau pour le mettre sur le brancard.

Tu ne peux pas savoir comme c'est lourd, un Président de la République ! Ils ont tellement de choses en tête, et puis, m'a dit Emile Zola quand on s'est assis le temps d'une pause au bord du marigot, ça doit être ça, le poids des responsabilités...

Quand on est arrivés à la case fétiche, les autres n'étaient pas revenus de la forêt des Abeilles. Comme personne n'a le droit de pénétrer dans la case sous peine d'avoir le mauvais sort, on a posé le Président et on s'est assis devant la porte. Ça fait une drôle d'impression de se trouver face à un homme si puissant, un homme que l'on a vu à la télévision annoncer un jour qu'il va bombarder des Arabes, un autre jour qu'il a décidé d'effacer la dette du tiers monde, étendu sur un brancard par terre, dans la poussière rouge de ton village.

Il avait une respiration de plus en plus sifflante. Son visage était tout creusé sous les yeux.

– Et s'il allait mourir ? a dit Emile Zola.

On a échangé un regard. J'ai grimacé.

– On aurait l'air malin...

Il poussa un soupir.

– Si on le rapportait dans la forêt pendant que les Blancs dorment encore ?

A l'idée de recommencer tout ce chemin avec le corps du Président, j'ai laissé échapper une exclamation :

– Ah non. Pas question. Je ne refais pas le voyage !

Emile Zola m'a jeté un regard réprobateur.

– Mais si on le garde ici, les Blancs penseront qu'on l'a laissé mourir exprès. On risque la guillotine comme Marie-Antoinette !

Je n'ai jamais été fort en histoire de France, avec tous ces Louis et ces Henri dont les numéros ne se suivaient même pas, mais mon copain me semblait ignorant.

– Emile Zola, tu dis des sottises. Marie-Antoinette n'a jamais tué de Président de la République, puisqu'elle était la femme du roi.

– Justement, répliqua Emile Zola, sur le ton de l'évidence, si on coupe la tête de la femme d'un roi, tu imagines ce qui attend deux pauvres types comme nous !

Je renonçai à discuter avec lui. J'avais déjà remarqué qu'il voulait toujours avoir raison. Il tenait ça de sa mère.

Le Président avait les narines de plus en plus pincées. Maintenant il émettait une espèce de gargouillis à chaque inspiration.

– Ce type-là ne va pas faire de vieux os, commenta Emile Zola.

J'étais choqué du ton impertinent qu'il employait pour parler d'un homme aussi important.

– Tu ne peux pas respecter un peu le Président ?

Il a haussé les épaules.

– C'est plus mon Président que le tien, puisque mon père est français. N'empêche qu'un Président mort, c'est de la bouffe à charognards. Comme un petit nègre de brousse !

Bien sûr, il y avait un certain bon sens dans ce qu'il disait, mais je trouvais quand même qu'il manquait de civisme, surtout pour un demi-Français.

Il pointa le doigt vers la lisière de la brousse.

– Les voilà.

Sous la lune, trois silhouettes se profilaient le long de la piste.

En tête, marchait le Chef, suivi d'une créature de la taille d'un enfant qui devait être N'Gong. Fanny fermait la marche, dominant le Pygmée qui lui arrivait à la poitrine.

Comme ils approchaient, Emile Zola et moi on détaillait avec curiosité ce Pygmée fameux que les gens venaient consulter de l'autre bout du pays.

Il était vêtu uniquement d'un pagne. Il portait en bandoulière une sacoche en peau. A la main, il tenait une sagaie. Ses bras et ses jambes étaient maigres comme les membres d'un enfant, mais il avait la tête d'un vieillard. Une mousse de cheveux blancs couronnait son front sillonné d'un réseau de rides qui creusaient également ses joues. A la place des lèvres, sa peau était toute plissée. On avait l'impression qu'il avait avalé sa bouche. On a compris plus tard qu'il n'avait plus une seule dent de devant.

Autour de son cou, pendaient une bonne quinzaine de chaînettes et de lacets de cuir supportant des médailles et différents grigris. Sûrement des cadeaux de ses consultants.

Le front de Fanny était tout luisant de sueur. On la devinait épuisée par cette course en brousse, mais son visage était épanoui. Pour la première fois depuis plus de vingt ans, elle avait l'occasion de quitter les longues journées immobiles passées à rêver sur le fauteuil à bascule, au milieu de tous les souvenirs de son bon vieux temps.

Du menton, elle a désigné le Pygmée qui attendait sans bouger, appuyé à sa sagaie.

– On a dû attendre qu'il aille dans la forêt chercher ses écorces et cueillir les feuilles fraîches du strophantus.

Le strophantus, c'est l'arbre à magie des Pygmées. Pour tous les autres, c'est un poison mortel. Seuls les petits hommes de la forêt savent utiliser ses feuilles et ses fruits pour composer leurs recettes mystérieuses.

Fanny s'était penchée sur la civière. Elle contemplait le visage exsangue aux paupières closes du Président.

Pour la première fois, je la voyais émue, presque intimidée.

D'un geste de sa grande main, elle lui a légèrement caressé le front, la joue.

– Pauvre Président. On va te guérir.

Le Chef, lui, ne jeta qu'un rapide coup d'œil au brancard. Il était angoissé à l'idée qu'un habitant du village surprenne notre petit groupe. Il ouvrit la porte de la case fétiche.

– Dépêchez-vous.

On a repris notre brancard et on l'a déposé sur la terre battue.

Fanny a refermé la porte derrière nous. Le Chef a allumé une lampe à huile, faisant émerger de l'ombre les masques grimaçants, les crânes d'oiseaux, les pattes de singes desséchées, les bouquets de plumes poussiéreuses, les sachets de poudres mystérieuses : autant de fétiches indispensables à la magie du sorcier.

Dans ce décor angoissant, le visage pincé du Président apparaissait comme un masque de mort.

Le Pygmée s'est agenouillé et l'a longuement observé.

Parmi la collection de grigris qui pendaient à son cou, une broche attachée à un lacet brillait d'un éclat particulier sur sa peau sombre. C'était un scarabée d'or et de turquoise, un des bijoux préférés de Fanny, cadeau du quartier-maître d'un cargo égyptien.

Elle avait payé cher la consultation du spécialiste...

Le Pygmée a posé ses mains veineuses sur le visage du Président. Ses doigts ont lentement parcouru son front, ses tempes, sa nuque. Il a prononcé quelques mots en langue baka. Le Chef a eu l'air stupéfait.

Il nous traduisit :

– Il dit qu'il faut le sauver. C'est un Grand Chef.

On a tous échangé un regard surpris. Comment ce

Pygmée qui vivait au fond de sa forêt, qui ne savait ni lire ni écrire, avait-il pu reconnaître le Président de la France ?

C'en était fini de notre secret si soigneusement gardé.

Le Chef lui a posé une question dans sa langue. Lorsque le Pygmée lui a répondu, on a vu son visage s'éclairer.

A nouveau, il a traduit :

– Je lui ai demandé comment il savait que c'est un Grand Chef. Il m'a répondu qu'il a dans le cou les deux plis de la sagesse.

On s'est sentis soulagés.

Il faut te dire que, chez nous, l'homme qui a deux plis dans la nuque est seul digne d'être Chef, car il a acquis l'expérience et l'autorité qui lui permettent de rendre la justice.

Les mains du Pygmée couraient le long du corps du Président. Lorsqu'il a écarté les bords du pantalon déchiré et découvert la brûlure purulente qui s'étendait de la cuisse au milieu du flanc, nous avons tous eu le même sentiment : il n'en avait plus pour longtemps. En brousse, les plaies s'enveniment vite et, vu l'aspect et la couleur des chairs, il était évident que l'infection était déjà là.

Sans paraître autrement impressionné, N'Gong ouvrit sa besace, en tira quelques feuilles de strophantus, puis déroula sur le sol un morceau de tissu qui contenait des morceaux d'écorce et le squelette d'un crâne d'oiseau qu'il entreprit d'écraser à l'aide un petit pilon de bois.

Ses bras étaient si maigres qu'à chacun de ses mouvements on voyait se dessiner les muscles et les tendons.

Ensuite, le sorcier enfourna dans sa bouche, une par une, trois feuilles du strophantus qu'il se mit à mastiquer sans arrêter de piler sa mixture. De sa lèvre inférieure repliée comme une feuille de bananier, coulait lentement un jus marron qui venait se mêler à la décoction. Lorsque le tout forma une pâte visqueuse, il sortit de son sac une petite boîte en bois dont il tira une pommade noirâtre qui exhalait une puanteur écœurante. Il la mêla à sa potion, puis fourra dans sa bouche le reste des feuilles de strophantus. A présent, ses yeux étaient brillants et son regard fixe. Son torse commença à se balancer d'avant en arrière. On le sentait au bord de la transe.

Le Chef nous dit à voix basse :

– Les Esprits sont entrés en lui. Il faut le laisser seul. On risque de troubler sa magie.

On s'est tous retrouvés assis sous la lune, devant la case fétiche.

Après un silence, on a entendu monter une mélopée très lente. La voix du Pygmée devenait de plus en plus aiguë. Il se mit à parler très vite en baka. Sa voix était à présent une voix d'enfant qui récitait une sorte d'incantation.

Le Chef courbait les épaules. Il semblait terrifié.

On a échangé un regard inquiet. Aucun de nous ne se sentait très à son aise.

– C'est le dieu de la forêt qui parle par sa bouche, murmura le Chef. Il ordonne au mal de sortir.

Une autre voix répondit, une voix grinçante, désagréable, puis à nouveau, on entendit l'enfant qui répliquait avec autorité.

Le Chef tremblait de tous ses membres.

La voix discordante riposta à nouveau, sur un ton arrogant, et l'enfant se mit à chanter.

Il y eut un bruit de lutte, des cris. Le silence.

Nous étions tous figés. De longues minutes se sont écoulées avant que l'on ose pénétrer dans la case.

Le Pygmée était étendu sur le corps du Président, inerte. Fanny s'approcha, lui posa la main sur l'épaule. N'Gong eut un frémissement. Il était couvert de sueur. Son regard était vide. On le sentait exténué.

Il lança quelques mots au Chef qui traduisit :

– Il dit que le Grand Chef ne partira pas chez les ancêtres.

Effectivement, le Président n'avait plus le teint cireux ni les narines pincées. Il semblait dormir paisiblement. La vilaine plaie était refermée.

N'Gong avait bien mérité le scarabée d'or du quartier-maître égyptien...

Fanny a poussé un soupir.

– Allez, mes enfants, nous lança-t-elle d'une voix enjouée, rapportez-le vite avant que les autres se réveillent !

Emile Zola et moi, on a repris notre brancard, conscients de l'honneur qui nous incombait : transporter le premier Président de la République française sauvé par un Pygmée.

8

Le lendemain matin, tous parlaient de la bosse soudainement apparue au beau milieu du front de l'hôtesse.

Les membres du groupe des rescapés lançaient des hypothèses sur les raisons de cette incompréhensible excroissance. Les uns penchaient pour la séquelle d'un choc reçu lors de l'accident, d'autres optaient pour la malveillance d'un singe. Finalement la majorité se rallia à la probabilité d'une chute de noix de coco.

– Vous êtes complètement grotesques !

La voix du Président venait de résonner.

Déconcertés, les rescapés se tournèrent vers le brancard. Appuyé sur un coude, le Président les contemplait d'un œil goguenard.

– Vous avez trop lu *Tintin au Congo*... Il n'y a pas l'ombre d'un cocotier autour de nous !

Chacun leva la tête vers les hauts arbres où les singes semblaient les narguer de leurs babines retroussées.

Jojo se tourna vers l'hôtesse, aussi stupéfaite et ravie que lui de ce soudain rétablissement.

Parfaitement indifférent à tous ces yeux braqués sur lui, le Président terminait le contenu d'une des petites bouteilles d'eau minérale posées auprès de lui.

– Et pour le petit déjeuner, demanda-t-il, quel est le menu du jour dans votre brousse ?

Ils échangèrent un coup d'œil embarrassé. Dans le

petit monde politique, le solide appétit du Président était célèbre. Son robuste coup de fourchette était une des clés de son inaltérable popularité lors des tournées électorales au cœur de la France profonde.

Reverchon s'approcha de lui.

– Tenez, monsieur le Président, il me reste une demi-banane.

Le Président prit la moitié de banane, et l'avala en deux bouchées sous l'œil ému de Reverchon.

– Merci, mon cher ministre. Je n'en attendais pas moins de vous.

Web intervint :

– Hier, nous en avons trouvé toute une provision au pied d'un arbre, et ce matin elles avaient mystérieusement disparu....

En observant les réactions courtisanes des rescapés, Jojo riait sous cape.

Le Président pointa du menton en direction des singes qui, là-haut, sur leur branche, laissaient échapper une série de gloussements joyeux. Tous brandissaient une banane au bout du poing.

– Apparemment, commenta le Président, ces bananes n'ont pas disparu pour tout le monde !

Un bourdonnement lointain se fit entendre. Tous les rescapés se turent, les yeux pointés vers la trouée de ciel découpée entre les branches qui s'entrecroisaient très haut au-dessus de leurs têtes. Un avion s'approchait.

Weber eut un sourire.

– Je savais qu'ils nous situeraient.

A présent le bruit du moteur emplissait la forêt. Tous les visages étaient radieux.

C'était un appareil de reconnaissance qui volait au ras de la cime des arbres. Sur les ailes, ils purent distinguer nettement la cocarde verte, orange et bleue.

Tous se mirent à hurler, à agiter les bras. On les avait repérés. On allait les sauver...

Ils continuaient de guetter leur échancrure de ciel, espérant que l'avion allait repasser au-dessus d'eux.

Là-haut, le navigateur quitta ses jumelles pour essuyer la sueur qui lui coulait dans les yeux. Il échangea avec le pilote un regard de lassitude. Ils étaient l'un et l'autre convaincus de la vanité de leur mission. Cela faisait deux jours qu'ils quadrillaient la zone. Des centaines de kilomètres carrés de persil, comme disaient les pilotes de brousse lorsqu'ils faisaient allusion à la forêt primaire vue du ciel.

Le vrombissement se fondit dans les bruits de la jungle.

Les visages étaient sombres.

La voix du Président claqua :

– Monsieur Weber !

Web approcha, mal à son aise.

– C'est bien votre société qui fournit les balises dont sont équipés les appareils commerciaux ?

– Tout à fait, monsieur le Président.

– Pourriez-vous me préciser quelle est la procédure suivie dans le cas qui nous concerne ?

L'ensemble du groupe fit cercle pour écouter des explications qui les concernaient au premier chef.

Weber se lança dans une démonstration développée à maintes reprises dans les cabinets ministériels.

– Sitôt qu'un aéronef est sorti de la route prévue par son plan de vol, et en conséquence a disparu des échos radar, on délimite la zone où l'appareil a été situé pour la dernière fois. Grâce à sa balise émettrice, l'avion envoie à son satellite de navigation un signal ponctuel, ce qui permet de repérer le point de chute de l'appareil concerné.

– Quelle est la durée de vie de la balise ?

– Elle peut émettre durant une vingtaine de jours, ce qui est amplement suffisant pour localiser l'appareil accidenté.

Le chef de l'Etat le fixait d'un regard acéré.

– Ouais... C'est très joli sur le papier, mais lorsqu'on se retrouve sur le terrain, comme c'est notre cas, ça ne me paraît pas très fiable, votre affaire !

– Monsieur le Président, vous avez bien vu l'avion arriver !

– Certes, monsieur Weber, mais je l'ai également vu repartir...

L'industriel sentait peser sur lui les regards de ses compagnons d'infortune.

– Monsieur le Président, plaida-t-il, véhément, je vous signale que, durant des mois, j'ai tenté de persuader les pouvoirs publics d'équiper nos long-courriers de systèmes plus performants, comme les GPS montés depuis trois ans à bord des appareils des compagnies américaines. Apparemment, ces messieurs ont trouvé cela trop cher et l'on a dû se contenter de l'entrée de gamme.

Il poussa un soupir ulcéré.

– Si on m'avait accordé les crédits nécessaires, nous serions déjà repérés !

Le Président se tourna vers les deux ministres.

– Adressez-vous donc aux représentants de la majorité... Il faut croire qu'ils devaient utiliser l'argent public pour financer des opérations plus importantes que la sécurité de notre aviation commerciale. Des priorités essentielles comme des pistes cyclables ou des moulins à vent pour satisfaire les écologistes, des augmentations de l'allocation chômage pour calmer les communistes, ou bien des centres de détention trois étoiles avec porte ouverte et jeux vidéo pour ne pas traumatiser les jeunes casseurs...

– Monsieur le Président, je constate avec plaisir que vous semblez complètement rétabli, lâcha Toledano, pincé.

Le Président le gratifia d'un sourire glacial.

– Votre sincère satisfaction me va droit au cœur, monsieur le ministre.

Il s'adressa au groupe :

– Et pourquoi ne pas allumer un grand feu, au cas où l'avion quadrille la zone ? La fumée serait visible de loin.

Ils échangèrent tous un regard gêné. Mathilde prit la parole :

– Nous y avons pensé, monsieur le Président, mais nous n'avons ni allumettes ni briquets. Plus personne ne fume...

– Moi-même j'ai terminé mon dernier cigare il y a six mois, lâcha Reverchon piteux.

Le saugrenu de cette situation amena un sourire sur les lèvres du Président.

– Voilà donc l'élite de la nation revenue à l'âge de pierre...

Il conclut, enjoué :

– Je pense que, dorénavant, il faudra envisager d'ajouter un cours de secourisme au programme de l'ENA !

Il se tourna vers le journaliste et l'hôtesse qui avaient assisté en spectateurs à cette joute.

– Pourriez-vous m'aider à me lever ? demanda-t-il sur un ton radouci.

Ils le soulevèrent et le calèrent contre le tronc d'un arbre. Jojo lui tendit son club de golf.

– Appuie-toi là-dessus. Ça te soulagera.

– Et toi ? Tu as besoin de ta canne.

Le journaliste le rassura :

– J'en ai trouvé toute une provision.

Le Président le remercia d'un sourire. Appuyé sur l'épaule de l'hôtesse, il tenta quelques pas en s'aidant de son club, puis s'arrêta avec une grimace.

– Avez-vous eu la curiosité d'aller inspecter les environs ? lança-t-il à la ronde.

Toledano lui fit front.

– Je vous rappelle, monsieur le Président, que l'accident a eu lieu hier matin et que notre souci a été, en priorité, de rechercher les survivants plutôt que d'aller explorer le voisinage.

La voix du Président cingla :

– Eh bien, allez-y maintenant !

Toledano fut sur le point de répondre, mais il serra les lèvres et s'enfonça dans la forêt, suivi par Mathilde, le visage fermé.

A leur tour, Reverchon et Web partirent dans une autre direction.

Jojo et l'hôtesse s'apprêtaient à les suivre. Le Président les retint.

– Vous n'allez tout de même pas laisser votre Président tout seul dans cette jungle hostile ? leur lança-t-il, pitoyable.

Pas dupe de la rouerie de son ami, Jojo lui sourit.

– Tu les maltraites, tes ministres !

– Ils adorent ça, répliqua le Président. Si tu assistais au Conseil du mercredi, tu constaterais qu'eux non plus ne me ménagent pas !...

Il se tourna vers l'hôtesse qui était restée en retrait, intimidée par cette intimité avec le Président.

– Faites-moi voir cette bosse, lui demanda-t-il.

Il palpa doucement la protubérance. Du coin de

l'œil, Jojo observait le visage de l'hôtesse tout émue de sentir les mains du Président posées sur son front.

– Ce n'est rien, monsieur le Président, dit-elle, confuse. Je n'ai presque plus mal à la tête. Parlez-nous plutôt de votre blessure...

Le Président haussa les épaules.

– Dans la mesure où je ne la sens plus, il n'y a rien à en dire. Le dossier est clos, comme on dit dans la magistrature.

– Eh bien moi, j'aimerais y jeter un coup d'œil, à ton dossier clos, dit Jojo.

Il se baissa et écarta les bords de la déchirure du pantalon. Saisi par l'odeur âcre du mystérieux onguent de N'Gong, il eut un mouvement de recul. Il inspecta le flanc et la cuisse du Président. A la place de la brûlure à vif, il découvrit les chairs rose clair, en voie de cicatrisation.

– C'est incroyable...

Troublé par l'émotion du journaliste, le Président lui demanda :

– Qu'est-ce qui t'étonne ? Tu as l'air déçu. Tu souhaitais une gangrène galopante ?

– Tu n'as pas vu la sale blessure que tu avais. Il n'en reste presque plus aucune trace.

L'hôtesse acquiesça de la tête.

– C'est vrai, monsieur le Président. C'est miraculeux.

Le Président eut un geste fataliste.

– Allons-y pour le miracle... Disons qu'à force de me voir agressé par ces mécréants de la gauche, Dieu a décidé de me venir en aide !

Jojo sourit.

– Et la séparation de l'Eglise et de l'Etat ?

– Eh bien, c'est un accroc dans leur cohabitation. Ça se pratique beaucoup, par les temps qui courent !

Le Président jeta un coup d'œil à sa montre.

– En ce moment précis, lâcha-t-il, amusé, d'après le protocole de ma tournée sud-africaine nous devrions arriver à Robben Island, pour la visite guidée de la prison où Nelson Mandela a passé dix-huit ans...

– Avec dépôt de gerbe ?

– Non. Juste une signature du Livre d'or.

Il poussa un soupir amer.

– Et après, déjeuner officiel à l'ambassade de France...

– Et ici, fit Jojo, une demi-banane, cadeau de ton ancien ministre du Commerce extérieur. Tu crois que les drapeaux sont déjà en berne ?

Le Président esquissa une moue.

– Laisse-les continuer leurs recherches encore quelques jours, le temps de nous classer disparus.

L'hôtesse intervint :

– Je suis sûre qu'ils vont nous retrouver, monsieur le Président.

– J'aimerais partager votre optimisme, chère madame, mais permettez-moi d'être sceptique. Qu'en dis-tu, Jojo ?

Jojo acquiesça, sombre :

– Si personne ne s'est manifesté au moment du crash, alors que le choc a dû être entendu à des dizaines de kilomètres à la ronde, cela signifie que nous sommes tombés dans une zone particulièrement sauvage... Je pense qu'il faut nous organiser pour survivre dans cette forêt. Cela risque de durer quelques jours, peut-être même plusieurs semaines.

Le Président eut un geste fataliste.

– Heureusement, j'ai auprès de moi mon vieil ami et mon infirmière dévouée...

Il se tourna vers l'hôtesse et lui décocha son célèbre

sourire craquant qui lui creusait des fossettes et faisait fondre les électrices.

– Si toutefois vous acceptez cette charge, bien entendu ?

– Oh, monsieur le Président, répondit-elle vivement, vous pouvez absolument compter sur moi.

Elle surprit le regard ironique de Jojo et son visage s'empourpra comme celui d'une adolescente...

Ils n'avançaient pas vite, Web et Reverchon, dans la haute forêt. L'ancien ministre avait depuis longtemps dépassé les soixante-dix ans et ses cent kilos étaient lourds à mouvoir au milieu des lianes et des branches enchevêtrées qu'il fallait écarter en s'écorchant les mains. Il s'arrêtait tous les cinquante mètres pour s'éponger le visage de sa pochette de soie.

Weber, lui, souffrait toujours de sa côte, mais il s'efforçait de ne pas respirer à fond pour ne pas ressentir ce coup de poignard qui lui taraudait la poitrine.

– Pas commode, les Weston, pour se promener en brousse, lâcha-t-il après avoir trébuché sur une racine.

Reverchon entérina ce constat d'un grognement. Il s'arrêta pour reprendre son souffle et leva les yeux sur les troncs parfaitement droits dont les têtes pointaient là-haut, vers la lumière, à quarante ou cinquante mètres du sol.

– Il n'y a qu'à New York que l'on doive se désarticuler le cou à ce point pour apercevoir un bout de ciel, constata-t-il.

– C'est vrai que cette forêt a un côté Madison Avenue, fit Web. Le seul avantage, ici, c'est qu'on n'entend pas sonner son portable !

– Vous l'avez toujours ?

Weber sortit de sa poche intérieure son téléphone extra-plat dont il ouvrit le couvercle.

– Service non disponible, lut-il sur l'écran. Recherche...

Il le referma, le remit dans sa poche. Reverchon l'observait, ironique.

– Vous le gardez ?

L'autre haussa les épaules.

– Il y a tout mon répertoire en mémoire. J'ai là-dedans des informations qui ne regardent personne.

Reverchon hocha la tête, compréhensif.

– Des singes pourraient s'en servir !

Sans un mot, ils reprirent leur périple.

– Vous qui connaissez bien le Président, s'enquit Web sur un ton aimable, rien ne vous a surpris, lorsque vous vous êtes approché de lui ?

Reverchon se tourna vers lui.

– Que voulez-vous dire ?

– L'odeur...

– Expliquez-vous, tonna Reverchon, l'œil mauvais.

– Je veux simplement dire, continua Web, que le Président sent très mauvais. Vous n'avez pas été gêné par cette odeur à la fois forte et âcre ?

Reverchon s'était immobilisé. Il posa sa grosse patte sur l'épaule de Web, l'obligeant à s'arrêter.

– Monsieur Weber, votre attitude est indigne et méprisable !

Weber se tourna vers lui, interloqué par la réaction violente de l'ancien ministre.

– Ce n'est tout de même pas de ma faute si le Président pue...

L'autre lui jeta un regard empli de consternation.

– Je vous prenais pour un allié, dit-il d'une voix vibrante de colère, et je vois que, dans ces moments dramatiques, alors que nous devrions serrer les rangs autour de notre guide qui incarne les valeurs fondamentales de la République, vous vous ralliez à la campagne de calomnie socialo-marxiste pour salir le Président. Cela, monsieur Weber, je ne vous le pardonnerai jamais !

– Mais vous êtes fou !

– Oh ! non, je ne suis pas fou, soupira Reverchon, mais j'ai trop côtoyé la bassesse des hommes pour ne pas moi aussi sentir chez vous une odeur que je connais et que je n'aime pas : l'odeur de la trahison !

Web chercha à le tempérer :

– Allons, allons, calmez-vous, mon vieux. Vous n'êtes pas dans un meeting électoral.

Reverchon ne releva pas le trait.

– Allons-y et marchez devant. Je n'aime pas savoir un traître derrière moi, et sachez que, dorénavant, je vous retire le bonjour !

Web haussa les épaules.

Silencieux et hostiles, les deux hommes reprirent leur marche au milieu de la forêt de gratte-ciel.

Mathilde et Toledano, tous deux adeptes du jogging, avaient marché d'un pas alerte. Ils ne tardèrent pas à se retrouver au bord du marigot.

A la vue de ce bras d'eau rougeâtre qui barrait la forêt, Toledano poussa un soupir découragé.

– On est coincés, lâcha-t-il en se laissant choir sur la terre ocre.

A plat ventre dans les feuilles, Emile Zola et moi on a échangé un regard réjoui. Ils ne pouvaient pas savoir qu'à moins d'un kilomètre en amont, juste après le tournant, le marigot prenait fin et que là était le chemin que nous empruntions tous les jours pour venir observer les Blancs de l'avion...

Une main en auvent au-dessus des yeux, la jeune femme scrutait la rive opposée.

– La forêt me semble moins touffue de l'autre côté. Je suis sûre que, là-bas, se trouvent des zones habitées.

– Comment veux-tu traverser ? demanda Toledano d'une voix lasse. Ça doit mesurer au moins trois cents mètres de large.

Il est de tradition dans les gouvernements de la gauche que tous les ministres et les secrétaires d'Etat se tutoient. Raynal, le Premier ministre était très vigilant sur le maintien de cet usage. Il trouvait que cela avait un arôme de Front populaire. Cette camaraderie bonhomme lui semblait propre à aplanir les clivages entres les diverses composantes de la gauche plurielle.

– On doit pouvoir y aller à la nage, déclara Mathilde en ôtant la veste-cadeau de Jojo qu'elle jeta au sol.

Sous l'œil rond de Toledano, elle se dépouilla des restes de son chemisier, puis fit glisser sa jupe et de sa culotte.

– Je me sens toute poisseuse, lui lança-t-elle quand elle fut entièrement nue. Depuis le temps que je rêvais de me baigner !

Médusé, Toledano suivait des yeux la jeune secrétaire d'Etat qui courait vers le marigot.

On ne perdait rien du spectacle. La femme blanche avait maintenant de l'eau jusqu'aux hanches.

Emile Zola se tourna vers moi et murmura, la gorge un peu serrée :

– C'est la première fois que je vois une Blanche toute nue. Tu en as déjà vu ?

Quand j'étais à Douala, j'avais vu des Blanches au bord de la piscine, mais elles étaient en maillot de bain. Et puis il y avait Madame Isabelle qui m'avait fait putain la bouche, mais elle était habillée. J'estimais que tout ça pouvait compter pour une femme nue, alors j'ai répondu.

– Oui, bien sûr !

Emile Zola ne pouvait détacher ses yeux de la silhouette pâle qui se profilait sur l'eau rouge.

– Tu savais que les Français, ils ont des femmes nues comme ministres ?

Là, j'ai été obligé de reconnaître que je l'ignorais. Il a eu un sourire satisfait.

– Comme je suis à moitié français, conclut-il, évident, elle est un peu ma ministre !

On ne voyait plus que la tête de Mathilde qui se laissait flotter vers le milieu du marigot.

Inquiet, Toledano héla sa collègue.

– Fais attention, il y a peut-être des courants !

Elle revint vers la rive dans un crawl impeccable. Elle s'immergea, reparut en s'ébrouant et lissa ses cheveux.

– Ne t'inquiète pas pour moi, cria-t-elle. Je faisais partie de l'équipe de natation junior du Racing.

Il répéta, incrédule :

– Tu as fait partie du Racing, toi ?

Elle marchait vers la rive, amusée par la réaction scandalisée du ministre.

– Tu désapprouves, camarade ?... Toi aussi, tu penses que, pour être de gauche, il faut être né dans une HLM ?

Toledano gardait les yeux fixés sur les seins de Mathilde dont les pointes roses se dressaient sous l'effet de l'eau froide.

– Tu n'as jamais remarqué, lui lança-t-elle, joviale, que la majorité des leaders socialistes étaient des fils de famille ?

Toledano lui jeta, indigné :

– Mathilde, je t'en prie. Ce n'est pas drôle !

Joyeusement sensuelle et provocatrice, elle éclata de rire.

– Marx, Lénine, Blum... Tous des grands bourgeois !

Emile Zola se tourna vers moi, inquiet.

– Qui sont tous ces gens, tu les connais ?

J'ai eu un geste d'ignorance.

– Peut-être des cousins à eux, ou bien des ministres...

Brusquement, il pointa le doigt vers un tronc d'arbre à demi immergé qui glissait en direction de Mathilde.

– Tu as vu le crocodile ?... jeta-t-il d'une voix angoissée. Elle va se faire bouffer !

Il esquissa le geste de se lever pour courir au secours de la jeune femme, mais je l'arrêtai en lui posant la main sur le bras.

– Attends. On ne doit pas se faire voir. Elle est presque sortie de l'eau. Tu sais bien que le crocodile n'attaque pas sur la terre ferme.

En quelques foulées souples, Mathilde avait regagné la rive. Elle se laissa tomber sur les genoux, au côté de Toledano.

– Et Castro, et Guevara, et Mitterrand, notre maître à tous, continua-t-elle en ébouriffant ses cheveux, ils n'étaient pas non plus issus des classes laborieuses !

La mine renfrognée, Toledano répliqua d'un ton sec :

– Je crains que ton amour du paradoxe ne t'entraîne un peu trop loin.

– Possible, mais j'ai toujours préféré la gauche caviar à l'égalitarisme sectaire. C'est plus gai !

Elle dut considérer que cet ultime blasphème mettait un point final à leur échange et, sans s'occuper davantage de son collègue, elle s'allongea, les bras tendus derrière la tête, les genoux repliés, indifférente et impudique.

Toledano caressait du regard le corps alangui de la jeune femme qui avait fermé les yeux, toute au bien-être de la chaleur du soleil sur sa peau.

– Tu sais, Mathilde, dit-il, conciliant, j'ai toujours apprécié ton sens de l'humour et ta fantaisie, mais souviens-toi qu'ici on est les deux seuls représentants du gouvernement. On doit oublier nos différends et se serrer les coudes.

– Je veux bien qu'on se serre les coudes, lui répondit Mathilde sans ouvrir les yeux, mais je te prierai d'enlever d'abord ta main de ma cuisse...

Nous, de notre cachette, on n'entendait plus ce qu'ils disaient, mais on avait bien compris que le type venait de se faire envoyer promener et Emile Zola a eu l'air de trouver cela très délectable. Il s'est tourné vers moi avec un grand sourire.

– Elle a bien fait !... Qu'est-ce qu'il a, aussi, ce Blanc-là, à poser ses pattes sur ma ministre !

Mon copain me semblait chauffer pour la petite, comme on dit chez nous...

– Je te signale, lui dis-je pour le taquiner, que ce Blanc-là, il est aussi ministre.

Il haussa les épaules avec humeur.

– Et alors, ce n'est pas une raison pour s'accoupler sauvagement au bord du marigot... Ce ne sont pas des animaux, les ministres !

Sans quitter des yeux la jeune femme qui s'était maintenant couchée sur le ventre, il me demanda :

– Pourquoi on dit toujours que les Blanches ont le cul plat ? Elle n'a pas le cul plat.

Je lui répondis avec malice :

– C'est peut-être pour ça qu'elle est ministre !

9

Quand nous sommes rentrés de notre expédition, Fanny était hors d'elle. Elle venait d'apprendre que le Canadien de l'écologie était passé au village pour savoir si nous n'avions pas entendu une explosion ou appris quoi que ce soit concernant la chute d'un avion. Le Chef lui avait dit que l'on n'était au courant de rien.

De colère, elle a donné un coup du plat de sa grande main sur l'accoudoir du divan et fait basculer la poupée blonde qui s'est retrouvée cul par-dessus tête sur le châle de soie.

– Vous savez pourquoi il n'a pas osé dire la vérité ?... Parce que Makoto était avec lui... Ah, il est courageux, notre Chef !

Nous avons gardé le silence, puis j'ai demandé timidement :

– Et ton satellite-tango, il parle toujours de l'accident ?

Ella a haussé les épaules.

– La dernière fois, ils disaient que les avions chargés de quadriller la zone du crash n'avaient reçu aucun signal. Cela signifiait que la balise émettrice avait été détruite au moment de la chute de l'avion. C'est la première fois que ça se produit, disait le journaliste.

Elle a conclu avec une grimace :

– Je pense surtout que c'est la première fois qu'une

balise est écrasée par un éléphant avant d'être bouffée par les crocodiles...

Emile Zola et moi on a échangé un regard inquiet.

– Mais ils n'abandonnent pas les recherches ?

Elle s'est levée de son fauteuil à bascule pour remettre sa poupée blonde aux yeux de porcelaine dans une position plus convenable.

– Mon satellite-tango disait que, vu la densité de la forêt, les chances de retrouver des survivants diminuent de jour en jour...

D'un geste affectueux, elle lissait les jupons de sa poupée.

– En France, ils ont mis les drapeaux en berne et ils préparent déjà les élections.

Elle murmura en prenant à témoin sa vieille complice de Celluloïd.

– Ils n'aiment pas perdre de temps, tes copains !

Lorsqu'elle s'est retournée vers nous, son visage était à nouveau éclairé par son sourire soleil.

– Alors, les deux compères, donnez-moi des nouvelles de mon petit Président. Il va mieux ?

Emile Zola et moi on s'est regardés en rigolant.

– Oh, oui ! a répondu Emile Zola.

– Pourquoi ça vous fait rire ?

Alors on lui a raconté le réveil du Président, comment il avait engueulé tous les autres qu'il avait ensuite envoyés dans la forêt.

Fanny a souri, attendrie.

– Ça me plaît, des hommes comme ça !... Ils sont allés jusqu'où, tous les Grands Types ?

– Les deux ministres sont arrivés au bord du marigot.

– Et alors, s'est écriée Fanny, joyeuse, ils ont trouvé le chemin du village !

On était tristes de la décevoir. Je lui ai répondu :

– Non. Ils étaient après le virage. De là, on ne voit pas le chemin...

Elle poussa un soupir découragé.

– De toute manière, ces Blancs, ils ne voient rien. Je les aime bien, mais je dois reconnaître qu'ils ne sont pas très malins !

Emile Zola a réagi avec une violence inattendue.

– Tu ne dois pas dire cela. La petite femme ministre, elle connaît la malice !

Déconcertée, Fanny s'est tournée vers son fils qui venait de lui tenir tête.

– Qu'est-ce que tu me racontes là ?

Elle m'a pris à témoin :

– Vous avez vu une femme ministre ?

J'ai répondu :

– Elle était même toute nue.

La maman de mon copain, qui avait pourtant mené une existence que l'on peut qualifier de libre, a eu l'air choqué.

– Une femme ministre... Et toute nue !...

De quelques rapides battements d'éventail, elle a exprimé sa réprobation.

– Ah, elle est jolie, la civilisation !... Vu l'âge avancé que doit atteindre une femme pour être ministre, ça n'était pas un spectacle très engageant, je suppose...

Elle était indignée, Fanny.

Une fois encore, Emile Zola a répliqué :

– Tu as tort, elle est toute jeune et très jolie, la ministre !

En se fermant, l'éventail a claqué comme un fouet. Fanny a scruté son fils qui, pour la seconde fois, venait de l'affronter. Emile Zola a baissé la tête.

Fanny s'est tournée vers moi.

– Dieudonné, je t'ai toujours considéré comme un garçon de bon sens. Tu vas expliquer à ce jeune-là qu'une Blanche, prétendument ministre, qui aguiche mon fils en se baignant nue dans le marigot, ça ne peut être qu'une enjôleuse !

Moi, pris entre les deux, je ne me sentais pas fier. Je n'osais dire à Fanny qu'un garçon de vingt-cinq ans peut avoir le coup de chaud pour une fille nue, même blanche, même ministre, sans que ça justifie cet accès de rage...

Je n'ai pas reconnu la voix de mon copain quand il a répondu à sa maman. Elle était plus aiguë que d'habitude, plus sèche aussi. C'était comme une voix de Chef.

– Maman, tu n'as pas le droit de parler comme ça d'une ministre. N'oublie pas que je suis à moitié français, donc cette femme-là, c'est un peu ma ministre et on doit la respecter !

Les yeux verts d'Emile Zola étincelaient. Je retrouvais dans son visage la même ardeur qui animait sa mère lorsqu'elle se passionnait.

J'étais le témoin du premier affrontement entre Emile Zola et sa maman. Les deux se mesuraient du regard. C'était deux grands fauves qui se disputent le pouvoir. Dans la case, le silence était lourd, comme en brousse avant qu'éclate l'orage.

Et puis le coucou Windsor s'est mis à sonner. Les quatre notes joyeuses du carillon ont cassé d'un coup la tension. Comme un caillou qui brise la surface de l'eau.

Le sourire de Fanny est revenu. Du coup, le visage d'Emile Zola s'est détendu. J'ai poussé un soupir de soulagement. Emile Zola en a profité pour orienter la conversation sur un sujet moins périlleux.

– Maintenant que le Président de la France est guéri, il faut s'occuper de leur ravitaillement. Les bouteilles d'eau de l'avion ne dureront pas éternellement, et ils ont fini leurs bananes.

En femme d'action habituée à ne pas se laisser déborder par les événements, Fanny a répliqué :

– Tu as raison. Vous allez déposer quelques noix de coco près de leur campement. Ça leur fera du liquide et de la nourriture. Et vous leur tuerez un pangolin ou un cochon de brousse que vous mettrez sur la piste. Ils se débrouilleront pour le dépecer et le faire griller. Il doit bien y avoir des chasseurs dans le groupe...

J'ai échangé un regard embarrassé avec Emile Zola.

– C'est qu'il y a un problème, fit-il.

– Quel problème ? demanda-t-elle.

J'ai déclaré d'une voix mal assurée :

– Ils ne peuvent pas faire de feu.

L'éventail est tombé des mains de Fanny. Elle nous a regardés l'un après l'autre.

– Vous vous fichez de moi !... Vous prétendez que, dans toute la troupe, il n'y en a pas un qui possède un briquet ou une boîte d'allumettes ?

J'ai répondu, piteux :

– Ils se sont tous arrêtés de fumer.

Alors elle s'est adressée à la poupée blonde, pour la prendre à témoin de cette énormité.

– Tu entends ça, toi ?... Ils sont encore plus bébés que je pensais, tes frères blancs !

Au vu de l'œil menaçant de son fils, elle a stoppé net, peu soucieuse de raviver la querelle éteinte par le coucou Windsor.

– Remarque, ils ont raison, dit-elle, conciliante, ce n'est pas bon de fumer.

Elle s'est levée pour fouiller dans un coffret de marqueterie tapissé de coquillages. C'est là qu'elle rangeait les trésors de son bon vieux temps. Elle est revenue et nous a tendu une boîte d'allumettes.

– Vous n'aurez qu'à la glisser parmi les noix de coco. J'ai choisi cette boîte-là pour faire plaisir à tes amis les ministres de la gauche.

Sur le couvercle de carton blanc, se détachaient en noir les lettres CGT.

– Un souvenir de la Compagnie générale transatlantique, a soupiré Fanny. C'était le bon temps des paquebots blancs et des marins joyeux qui dépensaient trois mois de paye en une nuit de bordée... Maintenant il n'y a plus que des cargos rouillés et des équipages indiens qui restent à bord pendant les escales à mastiquer leur boule de riz en buvant du thé...

D'un geste élégant, elle mit fin à sa réflexion sur la décadence de la marine marchande.

– Allez, mes garçons, dépêchez-vous, ça va être l'heure du déjeuner, ils vont avoir faim, nos pauvres Blancs...

A l'idée de tous ces va-et-vient qui nous attendaient pour ravitailler les Blancs de l'avion, leur apporter à boire, surveiller le feu pour qu'ils n'incendient pas la forêt, se cacher derrière les arbres pour s'assurer qu'ils ne se font pas piquer par un serpent, je fus pris d'une bouffée de colère.

– Non, Fanny, non !... Crois-moi, ce n'est pas leur rendre service d'agir comme nous le faisons. Ils doivent apprendre à se débrouiller seuls, se rendre compte que la brousse n'est pas un club de vacances organisées. Ce n'est pas en leur apportant des boîtes d'allumettes, en allant pendre des régimes de bananes à leur hauteur, ou en déposant en évidence un cochon de brousse à l'heure du repas que nous les aidons. On est en train d'en faire des assistés.

Sous l'œil rond de Fanny et d'Emile Zola, j'ai repris les théories de Monsieur Jean-Claude, le coopérant de

Douala quand il parlait des gens de couleur, comme il disait à propos de nous.

– On ne fait pas le bonheur de l'homme en lui construisant sa maison, mais en lui donnant l'outil pour l'édifier lui-même. On ne doit pas apporter le poisson. Il faut fournir l'hameçon !

J'ai eu la preuve de l'efficacité de ma palabre quand j'ai vu Fanny remettre sa boîte d'allumettes dans la boîte au couvercle de coquillages.

– Décidément, a dit Fanny en reprenant place dans son fauteuil, depuis que l'avion des Blancs est tombé dans la forêt vous avez pris bougrement de l'assurance, tous les deux...

Elle nous observait, pensive derrière son éventail.

Emile Zola lui a répondu dans un sourire :

– C'est peut-être ça, le choc des civilisations...

Elle a éclaté de son rire sonore :

– Dans ton cas, mon garçon, j'ai l'impression que c'est même un coup de foudre !

Puis elle est redevenue sérieuse :

– Bon, vous allez retourner là-bas pour leur apporter en douce les noix de coco et quelques bananes.

Elle m'a lancé un regard malicieux.

– Juste le temps qu'ils apprennent à faire du feu et à chasser la viande.

J'ai grommelé :

– A force de bouffer des bananes, ils vont finir par vivre dans les arbres !

– Allons, allons, a lancé Fanny alors que nous franchissions le seuil de la case, ne faites pas les mauvaises têtes. Mon petit bon Dieu me dit que cette situation va bientôt prendre fin !

Il ne se trompait pas, son petit bon Dieu, mais n'anticipons pas, comme on dit dans les livres des Blancs.

En quittant Fanny, nous avons fait notre cueillette

de noix de coco et de bananes. Cachés dans les feuilles, nous avons rampé pour déposer nos provisions à l'endroit habituel et là nous avons été pris d'une furieuse envie de rigoler devant le spectacle qu'offraient les Blancs de l'avion.

Ils étaient tous accroupis ou à quatre pattes, en train de s'escrimer à faire du feu. Les uns utilisaient leurs lunettes comme loupes pour capter le soleil sur des brindilles, d'autres faisaient rouler entre leurs paumes des bouts de bois sur des morceaux d'écorce.

A l'écart, était installé le Président. Appuyé sur sa canne de golf, il trônait dans un fauteuil de l'avion que les autres avaient porté dans la clairière. Assise à ses pieds, la grande femme blonde l'éventait avec une palme.

Tout de suite, Emile Zola a repéré sa ministre. Elle grattait de la mousse sur un tronc d'arbre. Elle vint en déposer une poignée devant le type à cheveux blancs, tout rouge tant il soufflait sur une timide fumée qui s'éteignit aussitôt, étouffée par la mousse humide.

Emile Zola et moi on a échangé une grimace. J'ai chuchoté :

– Ils sont mal partis pour faire rôtir un cochon, tous les Grands Blancs de l'avion.

Il avait l'air contrarié.

– Tu ne crois pas qu'on aurait dû apporter les allumettes ?

– Non, ai-je répondu, catégorique. Il faut qu'ils se débrouillent tout seuls. En attendant : bananes !

Il n'allait pas recommencer comme sa mère...

Le lendemain, on est revenus livrer notre cargaison. Alors qu'on accrochait les bananes à une branche, Emile Zola m'a demandé, perplexe :

– Tu ne penses pas qu'ils vont finir par trouver

curieux de ramasser tous les jours des bananes pendues à la branche d'un arbre qui n'est pas un bananier ?

J'ai haussé les épaules.

– Penses-tu ! Je les connais, les Blancs... Du moment qu'ils ont ce qui leur faut, ils ne se posent pas de question. Pour eux, les bananiers et les cocotiers sont des arbres d'ornement. Ils servent uniquement à rendre plus exotiques les plages de leurs vacances...

Comme il ne me répondait pas, j'ai relevé la tête. Emile Zola avait les yeux fixés sur un point derrière moi. Je me suis retourné.

Les yeux écarquillés, deux Blancs nous regardaient. Un des deux était le ministre qui s'était fait envoyer promener par sa collègue au bord du marigot, l'autre c'était celui qui rêvait tout haut quand on était allés chercher le Président.

Ils nous fixaient comme Robinson Crusoé dans une série qui passait sur la télévision des Bourgouin. Ils ont levé les bras en l'air, pour montrer qu'ils n'étaient pas armés. Le ministre a grimacé un sourire en se tapant sur la poitrine, comme fait le gorille, il nous a crié :

– Nous, pas méchants... Français. Amis des Africains !

L'autre s'y est mis aussi. Il a mimé un avion en allongeant ses bras comme des ailes.

– Avion tombé... Nous perdus dans forêt.

On s'est regardés, consternés.

En tant que demi-Blanc, Emile Zola était mortifié de voir ces types que l'on nourrissait tous les jours nous traiter comme des débiles. En plus, il ne portait pas dans son cœur le grand brun qui avait mis la main sur la cuisse de sa ministre. Il m'a demandé :

– Ils parlent toujours comme ça, tes copains ?

Moi je n'ai pas résisté. Je me souvenais d'une

publicité que j'avais vue à Douala. J'ai montré mon front et je leur ai dit :

– Eh, il n'y a pas marqué Vendredi, là !

Ils étaient tellement ahuris, les deux Grands Types, qu'on avait l'impression de voir leurs mâchoires tomber par terre.

On a fait demi-tour et on a couru à toutes jambes vers le village.

Ce fut notre premier contact avec les Blancs de l'avion.

10

Lorsque Web et Toledano, les bras chargés de bananes et de noix de coco, annoncèrent qu'ils s'étaient retrouvés nez à nez avec deux autochtones, cet événement suscita un fameux remue-ménage parmi les survivants de l'avion présidentiel.

Ils furent mitraillés d'une salve de questions sur les deux habitants de la forêt : parlaient-ils le français ?... Comment étaient-ils vêtus ?... Avaient-ils une attitude hostile ?

Réjoui par la cocasserie de cette rencontre qui évoquait toute une imagerie coloniale, Jojo leur demanda si les indigènes arboraient des os dans le nez, et s'inquiéta de savoir s'ils avaient fait usage de leurs flèches empoisonnées... Ce sarcasme provoqua un soupir exaspéré de Web, un haussement d'épaule de Toledano et un sourire du Président qui s'était contenté d'assister à la scène sans intervenir.

Alors que les membres du petit groupe se partageaient les bananes en continuant d'épiloguer sur ces deux visiteurs qui avaient disparu comme ils étaient venus, le Président fit signe à Toledano d'approcher.

– Si je ne m'abuse, monsieur le ministre, vous faites partie de la mouvance écologiste au sein de la gauche plurielle ?

– Oui, monsieur le Président, répliqua Toledano interloqué, ce n'est pas un secret.

– Mais je ne vous le reproche pas. Moi-même, qui suis issu d'un milieu rural, comme vous le savez peut-être, j'attache la plus grande importance à la sauvegarde de notre environnement.

– Je sais, monsieur le Président, répondit Toledano, étonné par cet intérêt soudain que lui portait le chef de l'Etat. Vous avez d'ailleurs été un ministre de l'Agriculture très apprécié dans nos campagnes.

Le Président salua d'un mouvement de tête ce satisfecit délivré par un adversaire politique.

Jojo, préposé à l'ouverture des noix de coco, s'était arrêté de taper sur les coques à grands coups de club de golf. Il avait envie d'entendre la suite. Il connaissait trop bien son vieil ami pour ne pas sentir poindre l'ironie sous son sourire bienveillant. Il attendait le trait qui ne tarda point.

– En tant que spécialiste de la nature, demanda benoîtement le Président en pelant sa banane, ça ne vous a jamais interpellé – comme dirait votre ministre de la Culture – de trouver, plusieurs jours de suite, des régimes de bananes accrochés à un arbre qui n'a aucune vocation de bananier ?

Toledano se sentit rougir.

– J'avoue, monsieur le Président que je ne me suis pas posé la question.

– En somme, conclut le Président, vous seriez plutôt un écolo tendance *Télérama*...

Mortifié, le ministre de l'Environnement pinça les lèvres sans répondre.

Tandis que le Président dévorait à belles dents sa banane, tous échangèrent un regard réjoui. L'attitude arrogante de Toledano n'était guère appréciée par les membres du petit groupe. Même Mathilde, malgré la solidarité requise entre les deux derniers survivants du gouvernement, ne put retenir un sourire qu'elle dissimula aussitôt derrière sa banane.

Le visage égayé par cette escarmouche, Jojo apporta au Président la noix qu'il avait réussie à fracasser.

Galant, le Président la tendit à l'hôtesse qui refusa, confuse.

– Après vous, monsieur le Président.

Il lampa une grande gorgée de lait de coco et exprima une moue de bien-être.

– C'est quand même bien fichu, la nature, dit-il en tendant la noix à l'hôtesse. Buvez. Vous connaîtrez mes pensées...

Troublée, elle croisa le regard amusé de Jojo qui, à coups de club, s'était remis à ouvrir les noix de coco pour les autres membres du groupe.

Manifestant une déférence toute protocolaire, Reverchon s'était avancé.

– Excusez-moi, monsieur le Président, comment pensez-vous gérer notre situation en fonction de l'évolution récente des événements ?

Diverti par cette approche pompeuse, le Président le toisa et répondit sur le même ton :

– Mon cher ministre, dans les circonstances présentes, et compte tenu de la conjoncture, je crains que notre marge de manœuvre soit relativement étroite. Cela étant, dès que j'aurai pris une décision, je ne manquerai pas de vous le faire savoir.

Parfaitement imperméable à l'ironie de la réponse, Reverchon inclina la tête.

– Je vous en remercie, monsieur le Président.

Il rejoignit le groupe des rescapés assis par terre, leur banane à la main.

Le Président s'approcha du journaliste qui, d'un superbe swing, avait brisé une noix coincée entre ses pieds.

– Et toi, lui demanda-t-il, que penses-tu de ces bons sauvages qui nous apportent notre pitance quotidienne et s'évanouissent dans la nature ?

Il avait l'air perplexe, le Président.

– J'aimerais bien savoir ce qui peut motiver cette attitude étrange...

Jojo essuya la sueur qui coulait sur son front.

– La méfiance, répondit-il. Tu sais, notre passage ne leur a pas laissé un souvenir très flatteur !... Mais ils vont revenir. Maintenant qu'ils ont été surpris, cela m'étonnerait qu'ils ne donnent pas très vite de leurs nouvelles.

Le Président eut un geste fataliste

– Acceptons-en l'augure.

Parodiant Reverchon, il ajouta :

– Voyons selon quels critères ils vont gérer leur prochaine intervention...

11

Au village, ce fut un beau branle-bas quand on apprit que nous avions croisé deux Blancs.

Penauds, nous avions avoué à Fanny que l'on était tombés nez à nez avec les Grands Types au moment où nous pendions les bananes. A l'annonce de cette rencontre fortuite, son visage s'illumina. Son petit bon Dieu l'avait prévu. Il était logique que cela arrive un jour ou l'autre...

– On ne pouvait pas continuer à approvisionner ces Blancs en cachette, déclara-t-elle en m'adressant un regard malicieux. On était en train de les transformer en assistés... Tu n'es pas d'accord, Dieudonné ?

Emile Zola m'a glissé un clin d'œil. Moi, je voyais bien qu'elle se fichait de moi, mais venant de Fanny rien ne pouvait me mettre en colère parce que c'était une femme que j'aimais et qu'elle avait le cœur aussi gros que celui de Monsieur Tobias.

– Au bout d'un moment ils auraient pensé qu'on leur faisait la charité, continua-t-elle avec son beau sourire. C'est humiliant pour des ministres d'être considérés comme des bonnes œuvres, tu n'es pas de mon avis, Emile Zola ?

A mon tour, j'ai regardé mon copain avec une mine réjouie. On avait chacun eu droit à notre paquet-cadeau.

– Eh bien, maintenant, conclut Fanny, il ne me reste

plus qu'à annoncer tout ça au Chef et à lui proposer d'organiser une réception pour accueillir officiellement les Grands Types...

Elle a disparu derrière le paravent aux oiseaux. Pendant qu'elle se changeait, elle nous a lancé, enjouée :

– Ça permettra aux Blancs d'avoir enfin un repas chaud !

Quand elle a réapparu, elle portait son ample boubou rouge et jaune, celui qu'elle mettait pour les grandes occasions. Tout en nouant d'une main habile le turban assorti, elle nous a confié avec une grimace :

– J'espère qu'il sera un peu endormi par son vin de palme, sans cela le conseil des sages risque fort d'être obligé d'élire un nouveau Chef pour cause de crise cardiaque !

Elle a éclaté de son rire sonore, puis elle est sortie, accompagnée par le bruissement du rideau de perles.

– Elle a un sacré caractère, ta mère, ai-je dit à Emile Zola.

A travers l'écran qui frémissait encore, on suivait tous les deux du regard l'imposante silhouette de Fanny qui disparut à l'angle des premières cases du village.

Emile Zola a acquiescé d'une moue.

– Oh ! oui...

Il a marqué une hésitation, puis a murmuré, pensif :

– Je me demande ce que va donner la rencontre avec ma ministre...

Je me suis tourné vers lui. Il avait du rêve plein les yeux, mon copain, en évoquant sa petite ministre toute nue. Je le rassurai sans trop y croire :

– Ne t'inquiète pas. Elles vont très bien s'entendre, ces deux-là. Ce sont des femmes de caractère.

– Justement. C'est bien ça que je crains, a soupiré Emile Zola.

Pour une fois, la chance ne souriait pas à Fanny.

Loin d'être amolli par le vin de palme, le Chef manifestait, cet après-midi-là, une ardeur toute juvénile : il était plongé dans les délices d'une sieste coquine avec l'ardente Marie-Rose, qui venait juste de toucher ses quinze ans.

Afin qu'aucun fâcheux ne trouble les galanteries de leur mari commun, Marie-Arlette, en tant que première épouse, avait la charge de veiller à la porte de la case.

C'est ainsi que le voulait la coutume. Sitôt devenue mère, la femme quittait son rôle de femelle aguicheuse pour accéder au statut d'épouse respectable, vouée à l'éducation des enfants, aux tâches ménagères et à la préparation des repas.

En chantonnant pour couvrir les gloussements de plaisir de son ardente remplaçante, elle cousait une pièce au cul du pantalon de son Chef légitime.

Lorsqu'elle vit cingler vers elle l'imposante stature de Fanny, c'est sans grande conviction que Marie-Arlette tenta de s'interposer. D'abord elle savait par expérience que c'était une tentative aussi vaine que de stopper la charge de Monsieur Tobias ; et puis, au fond, elle n'était pas fâchée que Fanny interrompe les ébats du Chef et de cette jeune polissonne aux seins pointus qui lui avait ravi sa place sur la natte de la sieste.

Dans la pénombre qui régnait à l'intérieur de la case, le couple ne s'aperçut pas tout de suite de la présence de Fanny.

A genoux derrière sa toute jeune épouse, elle-même à quatre pattes, le Chef était occupé à forniquer avec application, en position dite « de la levrette » dans les anciennes colonies de l'Empire français, et *doggystyle* dans les territoires autrefois régentés par Sa Très Gracieuse Majesté.

Marie-Rose célébrait chaque coup de reins d'un râle

de bonheur, laissant entendre qu'elle venait de franchir les portes du Paradis.

En professionnelle avertie de la bête à deux dos, Fanny observait la scène d'un œil critique. A sa moue dubitative, on devinait qu'elle n'était pas dupe des excessives manifestations de plaisir de la dernière épouse, davantage destinées à flatter la vanité du vieux Chef qu'à exprimer une irrépressible jouissance.

Le Chef se rendit compte le premier de la présence de Fanny. Du coup, il arrêta son va-et-vient et poussa une exclamation accablée :

– Ah non !

Marie-Rose crut que cette réaction lui était adressée. Inquiète à l'idée d'avoir commis quelque maladresse due à son jeune âge, elle se retourna et aperçut à son tour l'impressionnante visiteuse.

L'émotion provoqua chez elle une contraction des muscles périvaginaux. Cela eut pour effet d'emprisonner le sexe du Chef, contraint dès lors d'affronter Fanny en état priapique, et dans une position peu conforme à la dignité de sa charge.

Fanny était assez satisfaite de cette situation qui lui donnait un avantage certain sur son interlocuteur. Elle en profita pour lui annoncer d'entrée de jeu que les Blancs avaient surpris Dieudonné et Emile Zola alors qu'ils leur apportaient des bananes. Furieux, le Chef manifesta sa colère en donnant un coup de poing sur la croupe de sa jeune épouse qui poussa un gémissement. Pas feint, cette fois-ci...

– Je me doutais bien que tu les faisais nourrir en cachette ! Nous voilà dans de beaux draps. Et je suppose que tu as une idée pour nous sortir de cette situation ?

Très calme, Fanny répliqua que dorénavant, au lieu d'apporter clandestinement des vivres aux Blancs de l'avion, on devait les inviter au village où le Chef donnerait un dîner officiel en l'honneur du Président de la France. Une belle fête ne pourrait que conforter l'autorité du Chef.

Au mot « fête », Marie-Rose ne put retenir un gloussement approbateur, sanctionné immédiatement par une sonore et conjugale tape sur les fesses.

– Et après ? demanda le Chef, soudain radouci par cette opportunité électorale.

– Nous entretiendrons avec eux des rapports de bon voisinage. Ne t'inquiète pas : tu sais bien qu'ils sont incapables de sortir tout seuls de la forêt.

Les coudes appuyés sur la croupe de l'adolescente, le Chef semblait perplexe.

– Il faut que je réunisse le conseil. Je n'ose penser à la réaction de Makoto !

De son grand geste habituel, Fanny balaya cette futilité :

– Je te l'ai déjà dit : il ne t'arrive pas à la cheville !

Elle se dirigea vers la porte et se tourna vers eux avec un sourire confus.

– Excusez-moi encore d'avoir troublé votre sieste...

Sur le seuil de la case, elle tomba nez à nez avec Marie-Arlette, épanouie, qui n'avait rien perdu de la scène.

– Tu devrais entrer leur balancer un seau d'eau, lui lança-t-elle dans un éclat de son grand rire. Ton mari va avoir du travail !

Il faut dire qu'il a été animé, le conseil des sages...

Makoto a tempêté en accusant le Chef d'être manipulé par Fanny. Il a essayé de gagner les autres à sa cause en invoquant tous les abus du colonialisme. Il est même remonté jusqu'à Savorgnan de Brazza... Il a brandi la menace de voir ces Blancs faire régner leur loi et tenter de rétablir l'esclavage si on les laissait pénétrer dans le village. Ces vociférations n'ont pas eu l'écho qu'il attendait. Tous avaient la même idée en tête : la fête qu'allait occasionner la venue des Blancs de l'avion.

Chez nous, une bonne fête, comme une bonne palabre, c'est plus important que tous les marchands d'esclaves de la terre et c'est tellement plus rigolo !

Quand, à l'issue du conseil, le Chef a demandé le vote pour savoir qui était d'accord avec la réception des Grands Types de l'avion, je n'ai pas pu retenir un sourire en voyant s'aligner les cailloux blancs devant les membres du conseil.

Furieux, Makoto a jeté son caillou noir sur le sol et quitté la case de palabre avant même que le Chef ait couché son bâton, ce qui a été perçu comme une réaction notablement antidémocratique.

Ensuite, nous avons réglé des points de protocole. Il a été décidé que les membres du conseil iraient en délégation chercher les Blancs pour les conduire au village où aurait lieu la réception officielle.

J'ai tenté de suggérer que Fanny nous accompagne, mais là, j'ai rencontré le regard sombre du Chef et j'ai compris qu'il était inutile d'insister.

Lorsque j'ai rapporté cela à Fanny, elle a haussé les épaules.

– Ça n'a aucune importance, mon petit. Nous avons fait suffisamment de chemin depuis la nuit du gros potin, ce n'est pas la peine, en plus, d'empiéter sur la coutume...

12

Sitôt que le Chef eut annoncé la réception officielle en l'honneur des Blancs de l'avion, une bruyante effervescence régna dans le village.

Tout le monde mit la main à la pâte pour préparer la fête.

Un grand bûcher fut dressé sur la place. C'est là que l'on ferait cuire les gombos que les femmes étaient allées cueillir. Les vieilles balayaient les abords des cases avec des branches de palmiers. Par petits groupes, les jeunes filles se nattaient les cheveux en coiffures d'apparat.

Les musiciens avaient sorti les balafons, et toute la gamme des tambours de brousse, des gros djembés que l'on place entre ses cuisses aux petits tamas que l'on tient sous le bras. Une troupe d'hommes s'équipait pour partir en brousse afin de chasser la viande du dîner. Escortée par les enfants, joyeux et excités, la procession des notables chargée de prendre contact avec les Blancs de l'avion a traversé le village.

Derrière le Chef qui portait sur l'épaule sa canne de palabre, emblème de son rang, suivaient les membres du conseil, moins Makoto. Les anciens d'abord, avec Honoré qui avait ressorti pour l'occasion l'antique chéchia délavée qu'il portait dans son régiment de zouaves, puis Raphaël, enfin Pascal et moi.

Une importante question s'était posée à la fin de

notre conseil : quelle attitude devions-nous adopter face à notre rescapé illustre ? Si on le saluait comme le Président de la France, cela signifiait que nous savions que l'avion présidentiel était tombé près du village et, du coup, nous nous retrouvions tous complices. En revanche, si on le traitait comme le survivant anonyme d'un accident d'avion, cela réduisait notre culpabilité. Le conseil a donc opté pour la seconde option.

Plus on approchait de la zone des Blancs, plus je sentais mon cœur battre dans ma poitrine. Ça me faisait un drôle d'effet de revenir à visage découvert dans ce coin de brousse où Emile Zola et moi on avait passé tant d'heures tapis dans les feuillages à épier les Grands Types. Et puis, j'étais impressionné de me trouver face à face avec le Président de la France, ce Président que j'avais vu quasi mourant. Dans notre petit groupe, seuls le Chef et moi savions que le Président avait été sauvé par le Pygmée au cours de cette séance de magie que je n'oublierai jamais.

Quand nous sommes sortis de la forêt, personne n'a remarqué notre arrivée. Ils étaient en train de discuter, réunis autour du Président. Le premier qui nous a aperçus, c'était le type aux cheveux blancs. Il n'a pas eu l'air tellement étonné de nous voir. Il a parlé aux autres et tous se sont tournés vers notre cortège.

Notre Chef était très digne. Il a parlé en tenant bien droit la canne de palabre :

– Je suis venu avec les membres du conseil des sages, a-t-il proclamé, pour vous apporter le message de bienvenue au village de N'Dangiok dont je suis le Chef. J'ai également la grande jubilation de vous convier au festin que nous organisons ce soir en votre honneur, comme témoignage de bonne amitié.

Le Chef s'est tourné vers nous avec un sourire fier.

Son discours, il l'avait répété au moins à dix reprises devant le conseil et, pour la première fois, il n'avait fait aucune faute.

Le Président avait écouté la harangue de notre Chef avec une expression concentrée, puis il a applaudi, imité par tous les Blancs.

– Messieurs, en tant que Président de la République, a-t-il répondu d'une voix vibrante, permettez-moi de vous transmettre le cordial salut de la France. En mon nom propre, au nom de tous mes compagnons et de tous mes concitoyens, je tiens à vous manifester notre gratitude pour ce geste qui renforce encore, si besoin en était, la fraternité qui unit nos deux peuples.

Il a ouvert les bras et embrassé notre Chef.

Là, c'est nous qui avons applaudi. Pendant ce temps, le type aux cheveux blancs prenait des photos de la cérémonie.

Pascal m'a chuchoté à voix basse :

– Dis donc, en se présentant comme le Président de la France, il nous tire une sacrée épine du pied, tu ne crois pas ?

– Ça, tu peux le dire, ai-je acquiescé.

Maintenant avaient lieu les présentations. Au moment de me serrer la main, le ministre qui nous avait surpris la veille m'a regardé fixement.

– Je crois que nous nous sommes déjà rencontrés.

– Moi aussi, je vous reconnais, a dit l'autre type qui était avec lui.

J'ai confirmé de la tête et j'ai dit au ministre :

– Je me souviens très bien, c'est vous qui faisiez le gorille en vous tapant sur la poitrine.

Je me suis tourné vers l'autre.

– Et vous, vous faisiez l'avion avec les bras tendus.

Je les ai regardés tous les deux avec un sourire plein d'amabilité.

– Ils doivent bien rigoler avec vous, vos enfants !

Ils m'ont jeté un regard hargneux et tourné le dos. J'ai compris que ces deux-là ne seraient jamais mes copains...

On a pris la route du village.

Quand les Blancs ont découvert que le chemin était à moins d'un kilomètre après le tournant du marigot, tous ont échangé un regard penaud. Le Président s'est carrément fichu d'eux. Il leur a lancé :

– Même en pleine brousse, vous n'arrivez pas à quitter votre rive gauche !

Le type aux cheveux blancs a été le seul à rigoler. La grande blonde a souri. Tous les autres ont fait la gueule. Moi, je n'ai pas compris.

La horde des gamins du village a couru à notre rencontre. Surexcités, les enfants voulaient tous dévisager et toucher ces fameux Blancs de la brousse qu'enfin ils avaient le droit d'approcher. Le Chef a dû se fâcher pour qu'ils arrêtent de les importuner.

Au village, les marmites étaient à présent posées sur de grands feux au milieu de la place. Des torches de résine étaient plantées devant les cases.

Dominant tout le monde, Fanny, majestueuse, portait un boubou et un turban que je ne connaissais pas, couverts de coquillages verts et bleus. Sur ses bras nus, brillait l'or de plusieurs rangées de bracelets. Elle s'est approchée du Président et, d'un geste de reine, lui a tendu sa grande main baguée.

– Je vous souhaite la bienvenue au village. Je m'appelle Fanny.

Elle a pris un temps, puis elle a provoqué du regard les femmes qui se pressaient, frémissantes de curiosité. Elles se demandaient si elle oserait dévoiler son surnom. Fanny n'a pas hésité. Elle a dit d'une voix forte :

– Fanny Bangala.

Impressionné par sa dignité, le Président s'est penché pour lui baiser la main.

– Je suis charmé de faire votre connaissance, madame Bangala.

Là, tout le village a éclaté de rire. Surpris, le Président a regardé autour de lui, ne comprenant pas ce qui provoquait cette hilarité générale. Le Chef s'est approché, légèrement gêné.

– Monsieur le Président, il faut vous dire que Bangala, chez nous, cela veut dire le sexe de l'homme. C'est comme si vous lui disiez « Bonjour, madame la Bite ».

En vieux routier que rien ne peut surprendre, le Président a enchaîné.

– Cela me rappelle une anecdote. A Marseille, il y avait un vieux chanteur de cabaret qui s'appelait César Labite. Un jour, le maire de Marseille, qui m'a raconté l'histoire, lui a demandé s'il n'avait jamais envisagé de prendre un nom d'emprunt, et savez-vous ce que le chanteur lui a répondu : « Mais c'est un nom d'emprunt ! »

Tous les assistants, Noirs et Blancs, ont éclaté de rire.

Toledano s'est penché sur Mathilde.

– Ça y est, il les a mis dans sa poche. Quel démago !

Mathilde s'est tournée vers lui et avec un sourire aimable :

– Moi, j'appelle ça un pro.

Le type qui rêvait à haute voix et qui faisait l'avion s'est tourné vers Pascal. Il lui a désigné les ballons multicolores aux formes variées qui décoraient l'entrée des cases : monstres tirant la langue, coqs aux crêtes écarlates, poissons aux nageoires gonflées.

– C'est tout à fait étonnant, lui dit-il avec le sourire

de l'homme qui veut se faire bien voir, je n'avais jamais vu de ballons à l'aspect aussi étrange.

Pascal a rigolé.

– Ce sont les préservatifs que nous a livrés une ONG japonaise. On a essayé de les utiliser, mais ça fait peur aux femmes. Alors on les a donnés aux enfants.

Devant la mimique de Web, Jojo a éclaté de rire.

– Un petit sourire, président !

Il s'est accroupi pour prendre une photo afin d'immortaliser le visage renfrogné du président François-Xavier Weber encadré de deux capotes anglaises à tête de dragon.

Alors que le Chef faisait au groupe les honneurs du village, Reverchon a tenu lui aussi à adresser son compliment à Fanny en qui il avait deviné la maîtresse occulte des cérémonies.

– Madame, je tiens à vous féliciter pour la perfection de votre français.

Fanny a remercié d'un mouvement de tête.

– Je vous remercie, monsieur.

– On perçoit l'influence de nos écoles. Ce sont les bons pères ou les religieuses qui vous ont appris le français ? lui a-t-il demandé.

Elle a écarquillé les yeux à cette idée saugrenue. Elle était agacée par le ton paternaliste et condescendant qu'elle avait senti dans la voix de Reverchon.

– Moi, la seule école que j'ai fréquentée, c'était celle de Madame Toutou, lui a-t-elle répondu. Une femme très distinguée qui avait déjà une affaire au temps de la colonie !... C'est là que j'ai appris les manières de Blancs qui m'ont enseigné à faire boutique mon cul. J'avais treize ans. Elle m'a vendue à un adjudant-chef de la coopération qui m'a cassé le cabinet.

Réjouie par la mine effarée de ce représentant de la droite bien pensante, elle a continué sur le même ton.

– Après, j'ai fait le tour de l'Afrique en peignoir rose, puis j'ai fini par tomber enceinte d'un goûteur de café Robusta. C'était un Alsacien. Il m'a emmenée dans son pays où il fait si froid que les oiseaux à une patte dorment sur les cheminées. Après, je suis rentrée au village avec mon bébé blanc.

Elle lui a adressé un sourire suave.

– Excusez-moi. Il faut que j'aille m'occuper de nos invités.

Moi, dans mon coin, j'ai éclaté de rire en voyant la tête du gros type qui la regardait partir avec des yeux tout ronds d'étonnement.

Avec fierté, je me suis dit dans mon for intérieur que même les grands Blancs du gouvernement de la France étaient épatés par Fanny Bangala !

13

Tous les notables du village avaient pris place autour du grand feu où étaient posées les marmites. Les membres du conseil entouraient les Blancs. Selon la coutume, on avait prévu deux chaises de palabre, une pour le Président, une pour le Chef. Les autres convives devaient s'asseoir sur leurs talons. La seule femme africaine admise à la table du banquet était Fanny, qui était allée chercher dans sa case un pouf marocain car elle n'envisageait pas de dîner assise par terre comme une sauvage. Ignorant le regard réprobateur du Chef, elle s'était, d'autorité, installé à la droite du Président.

Les autres membres de la tribu se pressaient autour des trois brasiers installés derrière la table d'honneur. Dans le clan des jeunes hommes, Emile Zola, tout excité de savoir sa ministre à quelques mètres de lui, ne perdait pas des yeux Mathilde placée à la gauche du Président. On commença par une tournée de vin de palme.

Surpris par cette saveur amère et déroutante, les Blancs réprimaient mal un haut-le-cœur. Au mieux, ils parvenaient à grimacer un sourire. Seul Jojo avait l'air de trouver à son goût ce breuvage nouveau et, lorsqu'il en demanda un autre gobelet au Chef, cela lui valut un sourire de sympathie de toute la tribu.

Le moment était venu d'entamer le rituel du repas de fête.

A l'aide d'une cuillère de bois, le Chef entreprit de puiser dans la marmite une portion de gombo qui, à la cuisson, s'était transformé en une pâte gluante, puis il choisit un morceau de viande et commença de pétrir le tout sous l'œil curieux des Français qui attendaient la suite de ce cérémonial inconnu. Les notables s'étaient tus et suivaient avec attention l'élaboration de la mixture. Ils savaient que le dîner ne pouvait commencer avant que le Chef ait avalé la première bouchée. Il malaxait la boulette, l'écrasait entre ses mains, la roula longuement dans sa paume qu'il présenta grande ouverte à son hôte.

– Monsieur le Président, dit-il d'un ton solennel, je vous transmets le privilège d'inaugurer ce repas donné en votre honneur.

Malgré sa pratique assidue des banquets électoraux, le Président marqua un temps d'hésitation devant cette boule grisâtre et gluante. S'armant de courage, il la prit et l'ingurgita d'un trait sous les applaudissements de tout le village.

Cette première bouchée marqua le début du repas. Autour de la table officielle, personne ne parlait. On n'entendait que le claquement des mâchoires, les bruits de succion des convives qui avalaient leurs boulettes. Ils les pétrissaient avec dextérité, puisant à tour de rôle la viande et le gombo au fond de la bassine.

Un hurlement retentit. Tous levèrent la tête. L'hôtesse de l'air, pétrifiée, tenait d'un poignet tremblant sa cuillère dans laquelle reposait une main dégoûtante de sauce.

Avec l'attention d'une parfaite maîtresse de maison, Fanny s'est tourné vers elle.

– C'est la première fois que vous mangez du singe à la sauce gombo ? Un plat très apprécié chez nous.

Les Français échangèrent un regard horrifié, alors

que le vieil Honoré laissait échapper dans un ricanement édenté :

– N'ayez pas peur. On ne bouffe plus de missionnaires depuis l'indépendance !

– Ça suffit, Honoré, lui lança le Chef. Même pour plaisanter, tu ne dois pas dire des choses comme ça !

Comme de coutume, Raphaël s'apprêtait à venir au secours de son vieux copain. Le Chef lui jeta un regard furibond.

– Toi, ça suffit !

Une gêne s'était installée dans le clan des Européens. Seul le Président arborait une sérénité toute professionnelle, quant à Jojo, il était épanoui. On sentait que la confrontation de ces deux univers l'enchantait. Il était devenu expert dans la confection des boulettes de singe au gombo et trinquait allègrement avec le Chef, ravi d'avoir trouvé un Blanc qui fasse honneur à son cher vin de palme.

Sitôt terminés les derniers morceaux de singe, les femmes retirèrent les marmites. Les musiciens se levèrent pour chercher leurs instruments, et tous les membres de la tribu vinrent rejoindre les officiels. Tous se serraient pour leur faire place dans le grand cercle qui s'était formé autour du feu.

Alors que l'orchestre se préparait, Toledano se glissa auprès du Président.

– Vous ne pensez pas, monsieur le Président, lui dit-il à l'oreille, que c'est le moment opportun pour demander au Chef de nous conduire à un endroit civilisé ?

– Non seulement c'est inopportun, mais ça ne serait pas convenable, monsieur le Ministre, lui répondit sèchement le Président. Ces gens nous fêtent et nous honorent. Il serait indélicat de leur donner l'impression que nous ne pensons qu'à leur fausser compagnie.

Le visage fermé, Toledano est retourné à sa place.

J'ai fait un signe à Emile Zola pour qu'il vienne s'asseoir auprès de sa ministre. Il était tellement troublé, mon copain, qu'il a failli tomber en trébuchant sur les pieds du Grand Type qui se prenait pour un avion.

Lorsque je les ai présentés l'un à l'autre, le visage de Mathilde a exprimé une intense émotion.

– Vous vous appelez vraiment Emile Zola ? lui a-t-elle crié pour se faire entendre dans le bruit des tam-tams et des balafons.

Mon copain, déjà ému de se trouver face à sa ministre, fut décontenancé par cette entrée en matière. Elle ne pouvait pas avoir entendu parler de lui. Il n'était jamais retourné en France depuis qu'il avait quitté la maison du goûteur alsacien sur le dos de sa maman...

Nous ignorions, à l'époque, quelles résonances le nom d'Emile Zola pouvait éveiller chez cette femme de gauche.

– C'est ma maman qui m'a appelé comme ça, bredouilla Emile Zola. A cause d'un livre.

Assise à quelques mètres, Fanny n'a pu supporter de voir son petit en conversation avec cette Blanche qui était peut-être la ministre toute nue.

Elle s'est levée et est venue s'installer à côté de son fils.

– Je suis la maman de ce garçon, annonça-t-elle à Mathilde d'une voix forte où l'on sentait poindre la menace.

Devant l'imminence de cet affrontement qu'il redoutait, mon copain m'a jeté un regard anxieux.

– Votre fils me disait, lui cria Mathilde dans un roulement de djembé, que vous l'avez appelé Emile Zola à cause d'un livre ?

– Oui, répondit Fanny. Un livre qui m'a fait pleurer. Ça s'appelait *Nana*.

Mathilde lui adressa un sourire de sympathie.

– Moi aussi, j'ai pleuré en lisant *Nana*.

Liées par le destin tragique de la fille de Gervaise, les deux femmes échangèrent un regard ému...

Emile Zola m'a lancé un coup d'œil ravi par la tournure inespérée que prenait cette rencontre. Moi aussi, je me sentais soulagé. Par la grâce d'un livre, ce duel attendu s'était mué en affinité soudaine.

J'ai fait signe à mon ami d'inviter sa ministre à danser. Elle se leva pour suivre Emile Zola au milieu du cercle où une vingtaine de couples se déhanchait déjà.

Je voyais le beau profil de Fanny sculpté par les flammes tandis qu'elle suivait des yeux le couple qui ondulait au rythme des djembés. Elle avait une expression attendrie que je lui avais déjà vue lorsqu'elle caressait la joue du Président mourant sur son brancard de feuilles. Sans les quitter du regard, elle m'a demandé :

– Alors, c'est elle, la ministre toute nue ?

– Oui, Fanny. Elle est délectable, non ?

Je la connaissais bien, Fanny. Elle ne voulait pas afficher la sympathie qu'elle ressentait pour la jeune femme.

– Elle est mignonne. Je la trouve un peu maigrichonne...

Le Grand Type aux cheveux blancs est passé devant nous. Il semblait fasciné par le geste souple des jeunes filles qui battaient des mains au rythme de la musique. Il s'est mis à genoux devant elles et a pris plusieurs photos. Emoustillées, les filles gloussaient en s'abritant derrière leurs paumes.

– Je n'ai rien vu de plus élégant que ce ballet de

mains fluides comme des ailes d'oiseau, dit-il, radieux, en se laissant tomber près de moi.

Il a pointé son appareil sur Emile Zola et Mathilde qui, maintenant, dansaient les yeux dans les yeux. Il s'est tourné vers Fanny.

– Toujours émouvant de voir un couple qui se forme, lâcha-t-il, malicieux. On dirait que notre petite ministre trouve votre grand garçon à son goût. Pourtant, elle n'est pas commode, croyez-moi !

Fanny lui a décoché un regard complice. Elle avait déjà repéré Jojo dont le comportement était différent de celui des autres Blancs. C'était le seul qui rigolait, qui participait complètement à notre fête. Le seul à se comporter comme un vrai nègre.

– Elle ne va tout de même pas s'imaginer que, parce qu'elle est ministre, elle va me voler mon petit... Je les connais, vos manières de Blancs !

Pas dupe de cette colère simulée, Jojo a éclaté de rire, bientôt imité par Fanny. Elle a tendu vers lui sa grande main dans laquelle il est venu taper de la paume en signe de connivence.

Je me suis dit que ces deux-là, ils étaient bien faits pour se rencontrer !

Elle lui a désigné le Président qui venait juste de se joindre aux danseurs, suivi docilement par l'hôtesse de l'air.

– Il n'aime que les femmes blondes, ton Président ?

– Mon Président, il aime toutes les femmes, a répondu Jojo.

Fanny a hoché la tête.

– C'est un coquin, alors ?

– On peut dire ça.

– Tu l'aimes bien, hein, ton Président ? lui a-t-elle demandé d'une voix radoucie.

– C'est mon ami. Depuis très longtemps.

– Toi, tu dois être un bon ami.

Maintenant, le martèlement joyeux des balafons et la voix grave des tambours résonnaient jusqu'au fond de la brousse. Même Makoto, qui avait boudé le repas, ne résistait pas à l'appel de la danse. Je le voyais au fond, là-bas, qui se trémoussait avec sa cousine. Presque tous les Blancs participaient à la fête. Weber-l'avion dansait avec Marie-Ange, une des deux jumelles de Madame M'Bafoua. Seul Toledano-le-gorille, assis dans son coin, contemplait toute cette fête d'un air maussade.

Mathilde et Emile Zola vinrent se rasseoir, épuisés, épanouis. Le regard aigu de Fanny jaugeait la jeune femme.

– Pourquoi tu portes une veste d'homme ?

– Mon chemisier a été déchiré dans l'accident, lui répondit Mathilde. C'est la veste du photographe.

Fanny apprécia de la tête.

– C'est un brave type. Ça ne m'étonne pas qu'il t'ait donné sa veste. Mais ce n'est pas bien pour danser. Viens, je vais te cadeauter.

Emile Zola esquissa le geste de les suivre. Fanny le rabroua.

– Toi, tu restes ici. Ce sont des affaires de femmes.

Il n'avait pas l'air tranquille, mon copain, en voyant sa mère emmener sa ministre pour un tête-à-tête. Je l'ai rassuré.

– Ne t'inquiète pas. Elles vont parler de leur Nana...

Lorsque Fanny ouvrit, d'un geste royal, le rideau de perles qui masquait l'entrée de sa case, Mathilde écarquilla les yeux en découvrant l'univers de la maman d'Emile Zola.

Fanny l'observait, ravie de l'étonnement de la jeune femme qui déambulait au milieu des témoins de son bon vieux temps avec l'expression gourmande d'une chineuse avertie. Mathilde prit un globe de verre et l'agita. Notre-Dame-de-la-Garde se recouvrit d'une pluie dorée.

– Vous voyez, dit-elle en reposant le globe, je suis presque née sous votre boule de verre. Juste à quelques kilomètres de Marseille, dans un petit port de pêche qui s'appelle Cassis...

– Tu es née dans un port... C'est bien. J'aime les ports.

Maintenant, trônant dans son fauteuil, éventail au poing, Fanny se sentait en position de force pour affronter la ministre de son fils.

– Il y a beaucoup de femmes ministres dans le gouvernement de la France ?

– Pas beaucoup. Nous luttons pour qu'il y en ait de plus en plus.

– Tu as un mari ?

Assise à côté de la poupée aux yeux de porcelaine, Mathilde se soumettait de bonne grâce à cet interrogatoire.

– Pas un mari, mais un compagnon.

– Il est gentil ?

La question eut l'air d'amuser Mathilde.

– Il est très gentil, trop gentil...

– Il est ministre, lui aussi ?

Le visage de Mathilde se fendit d'un sourire.

– Non, il n'est pas ministre. Je crois que c'est ça, le problème !

Fanny se leva et alla fouiller dans sa penderie. Elle en tira un boubou couvert de soleils de toutes les couleurs. Elle le tendit à Mathilde.

– Tiens, essaie ça. Ce sont des couleurs pour les jeunes.

Le boubou sous le bras, Mathilde disparut derrière le paravent.

A l'abri de la paroi qui les séparait, Fanny lui demanda :

– Comment trouves-tu mon petit ?

La réponse arriva, nette et claire à travers les oiseaux chinois :

– Je le trouve très beau et très sympathique.

Le visage de Fanny s'éclaira d'un sourire de fierté. Encouragée par cette réponse, elle osa faire allusion à la tare de son fils :

– Ça ne te gêne pas qu'il ait les yeux verts ?

– Au contraire ! C'est superbe, répondit Mathilde dans un éclat de rire. Ça lui donne un charme étrange et, je dirais, presque irrésistible...

Elle fit son apparition, ravissante dans sa toilette africaine. Fanny apprécia d'un sifflement approbateur.

– Tu es très belle ! Tu as un beau maintien. On croirait que tu as porté toute ta vie des affaires sur ta tête, comme les filles de chez nous.

Mathilde la remercia du compliment.

– J'ai fait dix ans de danse classique.

Fanny quitta son fauteuil, rectifia le drapé du pagne.

– Allez, viens, on retourne au bal. Mon petit doit se manger les ongles. Ça fait longtemps qu'on est parties toutes les deux !

Bras dessus bras dessous, elles reprirent le chemin de la fête.

Quand le duo s'avança dans la lumière du feu, nous avons tous applaudi la métamorphose de Mathilde en femme africaine. Jojo s'est précipité pour photographier la ministre qui lui rendit sa veste en le remerciant. Emile Zola était tellement ébloui de voir la transformation de Mathilde qu'il ne trouvait pas ses mots pour exprimer son admiration. Avec sa brusquerie coutumière, Fanny vint à sa rescousse :

– Qu'est-ce que tu attends pour l'inviter ?... Tu as honte de danser avec une femme en boubou ?

On a tous rigolé en les regardant s'éloigner pour rejoindre les danseurs.

Jojo s'approcha du Président lancé dans une anecdote qui semblait passionner son hôtesse fidèle.

– Je n'ai pas de conseil à te donner, murmura Jojo à l'oreille de son ami, mais tu devrais inviter Fanny à danser.

– J'allais le faire, répondit le Président de mauvaise foi.

Il s'excusa auprès de sa voisine et se leva. Du coin de l'œil, Jojo observait le visage de l'hôtesse qui suivait du regard le trajet du Président en direction de Fanny.

– Ne vous inquiétez pas, il va revenir, lui glissa-t-il. C'est une démarche purement diplomatique.

Une fois de plus, l'hôtesse se surprit à rougir...

Sur la piste, tous les danseurs s'écartèrent pour faire place au couple vedette formé par le Président et Fanny Bangala.

Elle le dépassait de toute la hauteur de son turban et pourtant, le Président était réputé pour sa stature. Il mesurait plus d'un mètre quatre-vingt-cinq et, lorsqu'ils contemplaient dans les magazines les photos des sommets officiels, les Français n'étaient pas peu fiers d'avoir un chef d'Etat qui dépassait tous les autres. Même les Américains...

A quelques mètres, Mathilde dansait, les deux mains liées sur la nuque d'Emile Zola qui la tenait par les hanches. Yeux dans les yeux, bas-ventres soudés l'un à l'autre, ils ondulaient au rythme entêtant des balafons.

– Ils font un bien joli couple, glissa le Président à Fanny Bangala.

Elle acquiesça :

– Ici, on appelle ça un couple domino. J'ai vécu ça, moi aussi, sauf que c'étaient mes hommes qui étaient blancs.

Elle plongea son regard dans celui de son cavalier.

– Et toi, tu as déjà connu des femmes noires ?

– Non, et quand je vous vois, je le déplore, répondit-il, galant.

Fanny gloussa de plaisir.

– Toi, Président, tu es un charmeur !

– Non, je suis parfaitement sincère.

Fanny s'écarta de son partenaire pour mieux le détailler.

– Je te l'ai dit, tu es un charmeur, et un Président qui plaît aux femmes, c'est un bon Président. C'est pour ça que je n'aime pas les Américains. Ils sont froids comme des poissons.

Le Président sourit.

– Pourtant, Bill Clinton semblait témoigner d'un certain tempérament...

Elle haussa les épaules.

– Bof, des tripatouillages sur un coin de bureau... Ce n'est pas ça que j'appelle un homme à femmes ! Tu as beaucoup de femmes en France ?

Il éluda la question.

– J'en ai surtout une qui est la mère de mes enfants.

– Je l'ai vue à la télévision quand j'étais en ville. Elle ne sourit pas beaucoup.

Le Président eut une vision du regard résigné d'Adélaïde lorsqu'il rentrait d'une tournée électorale qu'il avait prolongée entre les bras d'une militante passionnée... Jamais elle ne lui avait adressé le moindre reproche et souvent, exaspéré par ce visage douloureux, il s'emportait, avec une mauvaise foi d'autant plus flagrante qu'il se sentait fautif, contre cette attitude de Mater dolorosa... Elle avait sûrement déjà commandé sa tenue de deuil. Une petite robe toute simple. Comme d'habitude, sa dignité et son courage exemplaires imposeraient l'admiration...

– Qu'est-ce que tu as dû lui en faire baver pour qu'elle ait l'air aussi triste...

La phrase de Fanny correspondait tellement à ses pensées intimes qu'il ne put retenir un éclat de rire.

Brusquement, des cris stridents se mirent à fuser. Médusés, les danseurs s'étaient figés. Tam-tams et balafons s'étaient tus. Tous avaient le regard braqué vers l'origine du tumulte.

Gesticulant, les yeux fous, Marie-Ange, une des deux filles de Madame M'Bafoua, poursuivait Weber qui battait en retraite. Marie-Caroline quitta aussitôt son cavalier pour se précipiter en hurlant au secours de sa sœur jumelle. Cible de ces clameurs, Weber s'efforçait de faire bonne figure dans ces circonstances difficiles.

– Que disent-elles ? demanda le Président. Pourquoi s'en prennent-elles à Weber ?

Fanny lui lança, ironique.

– Tu veux vraiment que je fasse l'interprète ?

– Bien sûr, lui répondit le Président.

Elle traduisit :

– Elles lui disent de retourner auprès de ses femmes blanches au cul plat et qui sentent le cadavre !

– Que s'est-il donc passé ?

Fanny héla Marie-Ange qui accourut, haletante. Entre deux sanglots, elle s'expliquait en désignant Web :

– Ce Blanc-là m'a traitée comme une bamba !

– Une bamba ? demanda le Président.

– Une prostituée, traduisit Fanny.

Marie-Ange continua d'une voix hachée :

– Il voulait me cadeauter avec de l'argent pour faire la chose, s'étranglait-elle, il m'a humiliée gravement !

Profitant de l'occasion, Makoto harangua les hommes de la tribu :

– Voilà ce qui arrive quand on considère les Blancs comme des amis... J'avais bien dit qu'il ne fallait pas laisser ces gens-là pénétrer dans le village, mais le Chef ne m'a pas écouté !

Un cercle menaçant se formait autour de Web. Les femmes hurlaient, tendaient le poing. Les hommes grondaient.

Le Chef s'approcha du Président. Il avait le visage anxieux.

– C'est très malpoli ce qu'a fait cet homme. Il a manqué de respect à une jeune fille de chez nous.

Le Président approuva :

– Croyez que j'en suis parfaitement conscient.

Il se tourna vers Web qui avait blêmi en voyant se rapprocher les visages hostiles, rendus plus inquiétants encore par les lueurs dansantes des flammes du brasier.

– Monsieur Weber, lui lança-t-il sèchement, vous avez eu une attitude à la fois déplorable et grossière envers nos hôtes. J'exige que vous alliez immédiatement présenter vos excuses à cette jeune fille que vous avez offensée.

Web se raidit sous l'affront.

– Il n'est pas question, répondit-il d'une voix sifflante, que j'aille m'excuser auprès de cette petite allumeuse !

Jojo écarta le cercle menaçant, se retrouva face à Weber. D'un impeccable direct du gauche, il l'envoya mordre la poussière ocre.

La tension était tombée d'un coup. Les applaudissements crépitaient. Les deux jumelles épanouies plaquaient chacune un baiser sur les joues de Jojo. En témoignage de sa gratitude, le Chef lui asséna une vigoureuse tape dans le dos.

Fanny se tourna vers le Président qui lui aussi affichait un visage rasséréné.

– Tu vois, Président, lui dit-elle en désignant Jojo devenu le héros de la fête, je me doutais que tu avais un bon ami. Maintenant, je le sais !

14

Après la nuit de la fête, la vie a changé dans le village.

Surtout pour Emile Zola et moi. Maintenant que leur présence était officielle, on n'avait plus besoin de se cacher pour apporter des provisions aux Blancs de l'avion.

Tous les membres de la tribu étaient fiers de ce nouvel état de choses : nous avions nos Blancs, nos Blancs rien qu'à nous.

Et pas n'importe quels Blancs !

Trois jours après le dîner, Bonaventure Duplessis est revenu avec sa cargaison de bonnes œuvres. Pendant que nous déchargions les sacs de riz et de farine de sa Land Rover, il nous a parlé de l'étonnement du monde entier devant l'inexplicable disparition du vol présidentiel en dépit du quadrillage de milliers de kilomètres de brousse. On avait tout imaginé : depuis le kidnapping par un réseau islamiste inconnu dont les membres avaient réussi à neutraliser l'émetteur, jusqu'à la chute de l'avion dans une fosse sous-marine de plusieurs kilomètres de profondeur. Les Américains avaient même envisagé un enlèvement par des extraterrestres !

Nous, on l'écoutait sans rien dire, tout fiers dans notre for intérieur, mais quand même un peu honteux de savoir qu'on était les seuls à posséder la clé du mystère qui gâtait la tête de tous les Grands Types de la planète. On était les seuls au monde à connaître la cachette des Blancs de l'avion disparu. Ces Blancs qui se trouvaient de l'autre côté du marigot, à moins d'un kilomètre de notre Canadien de l'écologie.

S'ils avaient pu imaginer, tous ces savants de la technique, que la machine à satellite avait été écrasée par les gros pieds de Monsieur Tobias avant d'être bouffée par les crocos du marigot !...

Quand le Canadien est reparti, on a poussé un grand ouf de soulagement. Plus que jamais on se sentait liés par cette complicité collective.

Dans la tribu, on était plusieurs à avoir de bonnes raisons de ne pas rendre nos Blancs. D'abord le Chef, parce qu'il avait peur d'être puni pour avoir menti pendant si longtemps, et jugé coupable de séquestration et non-assistance à personne en danger, comme avait dit Fanny. Ensuite Emile Zola parce qu'il ne voulait pas perdre sa ministre. Enfin Fanny, parce que ça mettait du piquant dans son quotidien d'avoir sous la main le Président de la France pour faire un petit brin de causette. Et moi, parce que je me sentais bien auprès des Blancs. Et puis, je peux maintenant te l'avouer, j'étais assez fier d'avoir l'occasion de fréquenter ces Grands Types... Bref, à part ce gredin de Makoto qui les aurait volontiers donnés à bouffer aux crocodiles et à Lulu après les avoir fait écraser par Monsieur Tobias et Sophie afin de les aplatir comme des vulgaires tam-tams à satellite, on n'avait aucune envie de les voir partir, nos Blancs.

Le Chef avait même chargé les hommes du village de s'occuper de leur bien-être.

Dans la carcasse de l'avion, on avait récupéré les morceaux de lit du Président, ainsi que les toilettes qu'on avait disposées dans un coin de brousse bien défriché. On avait creusé un grand trou et placé les W-C par-dessus. Un Président ça ne fait pas caca n'importe où comme un singe... On avait recouvert le tout avec des feuilles. On avait aussi installé un fauteuil qui pouvait se mettre en position allongée pour la grande femme blonde mais, vu le sourire échangé entre le Président et Jojo, je me suis dit qu'elle serait plus souvent dans le lit que dans le fauteuil... Ça ne nous regarde pas, ce sont des affaires de Blancs.

Pour les autres Grands Types, on a tendu un toit de palmes sur quatre piquets. Ils se sont arrangé des lits avec des fauteuils et des couvertures de l'avion. Ils étaient très satisfaits d'avoir pu retrouver quelques bagages avec des affaires pour se débarbouiller, ainsi que des vêtements de rechange. Toute la tribu s'est extasiée devant les tenues de cérémonie qui portaient des décorations de toutes les couleurs épinglées sur le devant. On a aussi trouvé des boîtes tapissées de velours rouge qui contenaient de jolies médailles. Les enfants ont voulu les prendre, mais Toledano-le-gorille s'est fâché très fort et a dit que ce n'étaient pas des jouets, mais des décorations de la République. Ça n'a pas contribué à le rendre populaire. De toute manière, personne ne le trouvait sympathique, ce type qui ne souriait jamais et qui, en plus, avait posé sa patte sur la cuisse de la ministre de mon copain.

Le Président ne parlait pas de retourner à la civilisation.

Il avait l'air heureux avec nous. On s'était habitués à le rencontrer sur le chemin du village, en route pour sa promenade quotidienne, appuyé sur sa canne de golf. Il saluait tout le monde, très poliment. Il était toujours suivi d'une civette borgne – elle avait dû recevoir un caillou jeté par un enfant du village – qui s'était attachée à lui comme un chien et l'accompagnait partout.

Tout le monde l'appréciait, ce Président qui s'arrêtait devant chaque case pour serrer les mains. Il connaissait le prénom de tous les bébés du village, il savait trouver un mot aimable pour chacun et trousser une galanterie qui faisait plaisir aux femmes.

Depuis qu'il avait fait la boxe à Weber-l'avion, Jojo-les-cheveux-blancs était la vedette du village. Tout le monde l'aimait et il avait le droit de photographier ce qu'il voulait. Pourtant, on n'aime pas trop les photos, chez nous. Il était devenu le copain du Chef qui l'invitait dans sa case à partager le vin de palme et ils passaient tous les deux des heures en tête à tête.

Le gros Reverchon, celui qui pensait que Fanny avait appris le français chez les bonnes sœurs – quelle rigolade ce jour-là ! –, était très gentil. Surtout avec les jeunes garçons. Il venait au bord du marigot à l'heure de la baignade, ou bien quand on pêchait au filet épervier depuis la pirogue. Il aimait observer le mouvement ample des lanceurs de filet et n'hésitait pas à complimenter un pêcheur pour l'harmonie de son geste.

Un jour, un jeune s'est fait piquer par l'aiguillon d'un capitaine. Reverchon a aussitôt voulu sucer la plaie pour aspirer le venin. Jean-Baptiste, le garçon, était très gêné de voir ce gros Blanc qui aurait pu être son grand-père en train de lui téter le pied. Jojo est passé par là. Il a rigolé et pris une photo, ce qui a mis Reverchon très en colère. Je n'ai pas compris pourquoi.

Tous les jours, Emile Zola et sa ministre venaient nager dans le marigot. Ils faisaient des courses de vitesse qu'elle gagnait à chaque fois. Ensuite, ils s'éclipsaient dans la forêt et on ne les revoyait plus jusqu'au soir.

Fanny faisait semblant de s'en accommoder, mais

moi qui la connais bien, je savais que ça l'agaçait. Mets-toi à sa place : c'était la première fois que son garçon avait un coup de chaud pour une femme, et en plus c'était une Blanche, et en plus une ministre.

L'air de rien, elle me posait des questions : Tu ne sais pas où est passé Emile Zola ? Je ne l'ai pas vu ce matin et j'avais quelque chose à lui demander.

Moi, je jouais les benêts : Non, Fanny, je n'en ai aucune idée... Il doit être à la pêche, ou il est parti chasser la viande... Elle me lançait un rapide coup d'œil derrière l'éventail et n'insistait pas. Nous n'étions dupes ni l'un ni l'autre. Nous savions tous les deux qu'il allait tous les matins rejoindre les Blancs de l'avion.

Un jour, j'aidai Jojo, l'hôtesse et le gros Reverchon – les fidèles du Président – à finir l'installation du salon, que tous les Blancs appelaient « le Château ». Le Président venait de partir pour sa promenade, accompagné de sa civette borgne.

Jojo s'amusait de cette passion de l'animal pour le Président.

– C'est normal, a dit Reverchon, le Président a toujours eu des chiens. Et, a-t-il affirmé dévotement, le charisme des hommes d'exception est également ressenti par les animaux.

Il s'est tourné vers la grande hôtesse.

– Et vous, chère madame, aimez-vous les animaux ?

Elle a acquiescé.

– Un jour, lors d'une rotation de trois jours à Buenos Aires, notre équipage a pris un petit avion jusqu'à Punta Arenas, tout au sud. Là, nous avons rencontré une colonie de plusieurs centaines de pingouins qui ont trottiné gravement dans notre direction. L'un d'eux avait jeté son dévolu sur moi. Il partait vers le large et revenait en surfant avec le courant. Il me regardait de son œil tout rond, droit sur sa vague, fier comme un enfant qui montre à sa maman qu'il a bien appris à nager... Jamais je ne l'oublierai, le petit pingouin de Punta Arenas !

– Moi, a dit Jojo, j'aime les martinets, ces oiseaux qui ne peuvent jamais se poser car leurs pattes ne leur permettent pas de rester au sol... Ils dorment en l'air, font l'amour en volant... Quoi de plus beau qu'une vie entière qui se déroule dans le ciel !

La femme blonde a eu une grimace.

– C'est le portrait robot d'une hôtesse de l'air que vous nous faites là !

– Vous n'avez pas d'animaux ? lui a demandé Jojo dans un sourire.

– Qui le garderait quand je suis en vol ?... Je serais obligée d'avoir un homme à demeure, et je n'ai jamais supporté de voir un mammifère en cage !

Ça a bien fait rire les deux Blancs. Moi aussi je l'ai trouvée délectable, la réponse de la femme blonde.

– Comme le disait Epicure, a dit sentencieusement Reverchon, l'homme est le seul animal qui sait qu'il doit mourir.

Là, je suis intervenu car je n'étais pas d'accord avec lui.

– Je ne suis pas d'accord avec vous. Monsieur Tobias sait qu'il va mourir. Il connaît même le jour de sa mort.

Ils m'ont regardé, étonnés.

– Qui est ce Monsieur Tobias ? a demandé Jojo.

– C'est l'éléphant. Le dernier de la forêt, avec Sophie. Je peux vous assurer que les éléphants, ça pleure, ça rigole et ça va tout seul au cimetière...

Reverchon a haussé les épaules.

Jojo, lui, m'a adressé un sourire amical.

– Je suis sûr qu'il a raison ! Il les connaît mieux que nous, les éléphants.

J'aimais bien ce type aux cheveux blancs qui aurait pu être nègre. Je le lui ai dit à un moment où on était seuls tous les deux. Il a eu l'air touché et m'a répondu que c'était un joli compliment.

– Pour célébrer ma promotion au rang de nègre honoraire, m'a-t-il déclaré, tu vas me faire le plaisir de me tutoyer et de m'appeler par mon prénom.

Le tutoiement est venu tout seul et je n'ai eu aucune peine à l'appeler Jojo. C'était un prénom rigolo.

– Tu sais, lui ai-je confié, que c'est la première fois que je tutoie un Blanc ?

Il a ri.

– Fais un vœu.

A dater de ce jour, Jojo est devenu mon copain.

Un soir où nous pêchions au bord du marigot, je lui ai confié que j'avais été vexé par la réaction méprisante de Reverchon quand j'avais dit que Monsieur Tobias connaissait le jour de sa mort. Il a eu un geste d'insouciance.

– Ne t'en occupe pas. C'est un vieux catholique intégriste. Ces gens-là n'admettent pas qu'un éléphant ait les mêmes sentiments que les humains. Ils ne croient pas à la magie...

Là, c'est moi qui ai haussé les épaules, comme Reverchon.

– Un homme qui ne croit pas à la magie, même s'il s'agit d'un Grand Type, c'est un benêt.

D'un coup, je me suis souvenu des cours de catéchisme du père Chamarat.

– Et leur Jésus qui a ressuscité pour grimper dans le ciel alors qu'il avait été cloué partout, ce n'est pas de la magie ?

– Je suis bien de ton avis, a répondu Jojo dans un sourire.

Il y avait des choses qui me tarabustaient dans le comportement de ces Blancs.

– Je croyais que Reverchon était du même parti que le Président ?

Jojo a poussé un soupir. Je devinais que ce n'était pas simple de m'expliquer la politique de la France.

– Pas le même parti, la même majorité. Il fait partie des gens qui soutiennent le Président, mais qui ne partagent pas tous ses points de vue.

– Alors pourquoi ils le soutiennent ?

– Parce qu'ils se sentent plus proches du Président que de ses opposants, les socialistes et des communistes.

J'ai réfléchi. Dans ma tête, j'ai revu la scène entre Toledano-le-gorille et Mathilde quand elle s'était baignée toute nue.

– Mathilde fait partie des socialistes ?

Il a fait oui de la tête.

– Qu'est-ce qu'ils veulent, les socialistes ?

– Ils veulent que les pauvres soient moins pauvres et les riches moins riches.

Moi, je trouvais ça délectable, comme programme.

– C'est bien, non ?

– C'est même très bien, a répondu Jojo. L'ennui, avec les socialistes, c'est que l'Etat décide à la place des gens. Un poète américain qui s'appelait Thoreau a dit : « Quand quelqu'un vient chez toi et prétend faire ton bonheur, prends tes affaires et fuis le plus loin possible ! »

J'ai rigolé.

– Il a raison, Thoreau. Il faut ficher la paix aux gens. Et le parti du Président, il veut quoi ?

– Il veut aussi que les pauvres soient moins pauvres,

Il a secoué la tête.

– Il y a longtemps que je n'ai plus de famille, et mon meilleur ami, c'est le Président. Depuis vingt ans, c'est la première fois que j'ai la possibilité de passer autant de temps avec lui. Que demander de plus ?

– Tu n'as pas la femme en France ?

– Si. Elle vit maintenant avec un bonhomme qui a une chaîne de télévision... Un bonhomme qui ressemble beaucoup à Web.

J'ai acquiescé.

– Alors, quand tu as boxé Weber-l'avion, tu as eu l'impression de te venger du Grand Type qui t'a volé ta femme...

– Il ne me l'a pas volée, a corrigé Jojo. Disons plutôt qu'il l'a achetée. C'est souvent comme ça qu'agissent les Grands Types, comme tu dis !

Dans la pénombre, ses cheveux blancs brillaient comme la neige dans les boules de Fanny. J'ai conclu.

– Ils se croient tout permis parce qu'ils ont l'argent. Ils ne comprennent pas la baise cadeau. Comme Weber-l'avion avec la fille de Madame M'Bafoua.

Il m'a passé le bras autour de l'épaule.

– Je vais te faire une confidence : la fille de Madame M'Bafoua m'a rendu un fier service parce que Weber-l'avion, il y a pas mal de temps que j'avais envie de lui mettre mon poing sur la gueule !

On a éclaté de rire.

– Et maintenant, m'a t-il dit en se levant, allons rendre visite au Chef. On va l'inviter à partager notre poisson en échange d'un petit coup de vin de palme !

15

Appuyée sur un coude, l'hôtesse regardait le Président dormir. Cela faisait maintenant huit jours qu'elle partageait avec lui le lit du Château, isolé des autres par le mur de palmes.

Tout s'était passé très simplement. La première nuit, il lui avait dit qu'il ne parvenait pas à s'endormir. Elle avait quitté son fauteuil mis en position couchette et était venue à son côté, comme lorsqu'il était blessé. Il lui avait pris la main, l'avait attirée près de lui et l'avait embrassée. C'est ainsi qu'elle s'était retrouvée allongée dans le lit du Président. Il lui avait fait l'amour avec une brusquerie qui l'avait décontenancée, ensuite il avait tourné le dos et s'était endormi. Elle avait ravalé sa déception.

Une fois, dans l'avion, elle avait lu un écho du *Canard enchaîné* glosant sur la sexualité à la hussarde du Président. A l'époque, elle avait pris cela pour des calomnies de journaliste. On disait tant de choses sur le Président.

Peu lui importait, elle se sentait si heureuse et si fière d'être entrée dans la longue liste des femmes qui avaient traversé la vie du Président.

C'était la première fois de sa vie qu'elle se retrouvait au côté d'un amant – elle n'osait employer ce mot à son propos – qu'elle vouvoyait et qu'elle ne se risquait pas à appeler par son prénom... Il ne lui avait pas non plus demandé le sien. Cette absence de familiarité donnait à leurs relations un aspect étrange, en tout cas, nouveau pour elle.

Ensuite, il avait changé, s'était montré plus tendre, plus attentif mais, curieusement, il semblait maladroit, comme quelqu'un qui ne sait comment se comporter dans une situation qu'il ne maîtrise pas.

Même après toutes ces nuits d'intimité, elle ne parvenait pas à se départir de l'appréhension qu'elle ressentait auprès du Président. Elle se sentait bloquée, dans l'état d'une adolescente qui n'arrivait pas à admettre cette improbable relation. Elle n'osait tenter de caresses trop précises ou s'enhardir à certains baisers. Ensuite, elle se le reprochait, elle se disait qu'il allait la croire frigide alors qu'elle vivait le plus beau des rêves.

Lorsqu'elle était hôtesse sur des vols réguliers, elle avait déjà connu, ou plutôt croisé, intimement des hommes célèbres... Des étreintes d'escale, le temps d'une rotation, avec un grand reporter de la télévision au Djibouti Palace, un écrivain américain au Safari Park de Nairobi ou un chanteur en tournée à la Vieille Tour, à Pointe-à-Pitre. Une fois même, cela avait eu lieu dans le bar désert des premières, à l'étage d'un 747. C'était un metteur en scène connu pour ses idylles avec les plus belles femmes du cinéma. Il avait à toute force voulu qu'elle partage avec lui une bouteille de champagne pour fêter son anniversaire. L'alcool aidant, il s'était montré pressant. Toute jeune hôtesse, elle n'osait pas repousser trop brutalement ce VIP qui devait avoir trente ans de plus qu'elle. Et le fait de sentir sur elle ces mains qui avaient caressé le corps de tant d'actrices sublimes ne lui déplaisait pas, la flattait même... Elle s'était livrée à ses caresses, à ses baisers. Avec une impudeur nouvelle, elle les lui avait rendus. La peur qu'on les surprenne attisait encore son excitation. Jamais elle n'avait ressenti un tel plaisir.

Depuis, elle avait eu de brèves liaisons avec des pilotes mariés qui lui promettaient le divorce, des copilotes célibataires qui lui promettaient le mariage, et des stewards qui la faisaient rire.

Un jour, elle n'avait plus supporté d'évoluer dans ce décor de cartes postales. Elle était saturée des plages de sable trop blanc ratissé chaque matin, des sorties en boîte avec l'équipage, des shoppings en groupe dans les souks ou les marchés flottants et des obsédés du bronzage en hiver.

Elle avait alors postulée auprès du Groupement des liaisons aériennes ministérielles, le GLAM, devenu le CTG, Centre de transmissions gouvernemental.

Tout ce qui lui restait de l'époque où elle volait sur des lignes commerciales, c'était des coupes emplies de pochettes d'allumettes au sigle de palaces des quatre coins du monde, un couple de marionnettes javanaises assises sur sa cheminée, une pièce de batik tendue au mur à côté du tableau naïf rapporté de Port-au-Prince et un kimono qui lui servait de robe de chambre...

Le Président venait de pousser un soupir.

Ce profil aux yeux clos exprimait la force. Le front était haut, le nez fort, le menton volontaire, la bouche gourmande encadrée de deux rides profondes.

Il avait les deux mains posées sur sa poitrine. De grandes mains larges piquetées de quelques taches de son, ces taches que l'on appelle des roses de cimetière. Brusquement, l'hôtesse eut l'impression de se trouver face à une photo mortuaire. C'est exactement ainsi qu'il apparaîtrait sur la couverture des hebdos du monde entier... Elle frissonna.

Comme chaque matin, elle se leva silencieusement pour ne pas réveiller le Président.

Elle alla inspecter le reflet de son visage dans le plateau d'argent retrouvé parmi les débris de l'épave. Angoissée, elle guettait les témoignages qui lui semblaient plus perceptibles de jour en jour : les racines blanchissantes de ses cheveux privés de teinture, la peau distendue sous le menton et le cou, le réseau de petites rides autour de ses yeux. Elle avait honte de ses mains aux veines trop apparentes et de la rugosité de ses coudes malgré les massages quotidiens au jus de citron.

Alors qu'elle était à l'âge des dîners à la bougie, des cocktails dans des pianos-bars en clair-obscur, la cruauté des circonstances l'avait projetée dans la lumière la plus crue du monde, entre les bras de l'homme qu'elle admirait depuis son adolescence, en la privant du secours des remèdes miracles, « Lifting minute », « Coup d'Eclat », crèmes anti-cernes, et autres alliés fidèles et illusoires des femmes qui abordent le cap de la cinquantaine...

C'est pour toutes ces raisons qu'elle fuyait les réveils côte à côte, à seule fin d'éviter la périlleuse proximité des visages.

Elle s'affaira à la préparation du petit déjeuner.

Dans le *galley* de l'appareil, elle avait retrouvé une provision de café en poudre, de sachets de thé et de sucre qu'elle avait soustraite à la vue des autres rescapés.

C'était devenu la réserve exclusive du Président.

Le Président qui venait de se réveiller.

Penchée au-dessus des braises, l'hôtesse soufflait pour ranimer la flamme sous la casserole d'eau.

Sur le plateau d'argent bosselé, celui-là même qui

lui servait de miroir, elle avait placé leurs deux tasses au sigle du CTG – l'une avait perdu son anse –, quelques bananes, deux verres de plastique empli de jus de goyave, et un troisième dans lequel elle avait disposé une flamboyante fleur de brousse.

Le Président l'observait, attendri par ces raffinements quotidiens.

Elle était restée hôtesse jusqu'au bout des ongles. Même lorsqu'ils faisaient l'amour, il la sentait tendue, attentive au plaisir de son Président-partenaire, angoissée par la peur de mal faire.

Il était attendri par les menues flétrissures qui rendent une jolie femme délicieusement vulnérable : la peau un peu lâche sous les bras, l'intérieur des cuisses moins ferme et les seins à peine trop lourds.

Durant toutes ses années d'engagement politique, il avait connu des dizaines de permanentes ou des militantes amoureuses de « leur » candidat, puis de « leur » député, et enfin de « leur » Président.

Une fois de plus, au fond de cette brousse, il avait l'occasion de vérifier la séduction du pouvoir.

Ici, c'était différent : pour la première fois depuis son essor politique, le Président n'était pas obligé de se contenter d'étreintes furtives pendant que le chauffeur attendait dans la voiture. A chaque fois qu'il quittait une de ses éphémères partenaires, il était angoissé à l'idée d'être débusqué par un photographe d'agence en quête de scoop politico-égrillard.

Durant ses années de campagnes incessantes, il avait désappris à faire l'amour. Au fil du temps, il s'était accommodé de ce comportement de soudard. Cela faisait partie de son personnage d'homme pressé... Ne l'avait-on pas surnommé le Guerrier ?

Et là, dans cette forêt sans nom située au milieu de nulle part, il pouvait enfin passer des nuits entières auprès d'une femme attachante et dévouée. Peu à peu, auprès d'elle, il redécouvrait les vrais rapports de couple où la tendresse a sa place. Des rapports qu'il avait connus durant les premières années de son mariage avec Adélaïde et, plus tard, avec Anne.

Finalement, cette brousse se révélait plutôt plaisante. Il ressentait de moins en moins l'envie de rentrer. Depuis plusieurs jours, le Président commençait à caresser l'idée de s'installer dans son rôle de disparu. Définitivement.

Il avait toujours rêvé de vivre plusieurs vies. Au moins deux. Lui, qui n'était pas croyant, considérait que chaque être humain devait avoir droit à une seconde chance. C'était un mythe qui le fascinait depuis l'enfance.

Dans la littérature, la métamorphose du héros que l'on croit mort faisait partie des thèmes qui l'avaient toujours passionné au temps où il avait encore le temps de lire pour son plaisir. Il avait envié le Lucien Chardon des *Illusions perdues* qui rejette son passé pour mener une vie nouvelle à Paris sous l'avatar de Rubempré. Il avait été solidaire du comte de Monte-Cristo revenu venger Edmond Dantès. Il avait vibré d'indignation aux mésaventures du malheureux Jean Valjean devenu l'honnête Monsieur Madeleine. Il s'était réjoui à lire les tribulations du bagnard Chéri-Bibi qui se fait remodeler le visage pour secourir la malheureuse orpheline.

Et voilà que cet accident lui apportait l'occasion rêvée de se glisser dans le grand roman des disparus, de traverser à son tour le miroir pour rejoindre le cortège des voyageurs partis sans bagages et sans billet de retour...

Pour la première fois de sa vie, il envisageait de quitter cette existence qu'il avait construite avec tant d'acharnement depuis son plus jeune âge, cette existence qui ne l'intéressait plus.

Il sentait bien un pincement au cœur à l'idée qu'il ne verrait jamais grandir son petit-fils. Il aurait tant aimé épier son regard neuf sur les choses de la vie, l'emmener faire de longues promenades dans le Causse de son enfance. Il lui aurait montré le berceau de la famille, une ferme de pierres sèches au milieu d'un hameau à présent déserté. Dans la cour, à l'ombre du vieux figuier tordu, son grand-père Fernand sarclait les tonneaux pour y enfermer son vin aigrelet, ce vin que son instituteur de père considérait comme le meilleur du monde...

Au cœur de cette Afrique chaude et moite, entre les bras de cette femme qui le vénérait, auprès de son ami retrouvé, le Président se sentait protégé comme au temps douillet de son enfance.

Peu à peu, il se familiarisait avec l'idée que plus jamais il ne reverrait les ors du Palais présidentiel.

Un incident vint le conforter dans sa décision de rompre avec les convenances liées à sa charge.

Un matin, il partait, guilleret, pour sa promenade quotidienne, escorté de sa fidèle civette, lorsqu'il fut rejoint par Reverchon essoufflé.

– Monsieur le Président, dit le gros homme en s'efforçant de caler son pas sur la foulée de son voisin. Je suis confus de vous déranger, mais il faut que je vous parle. Il s'agit d'une affaire grave.

Le Président le toisa. Il était toujours amusé du ton révérencieux avec lequel son ancien ministre s'adressait à lui au milieu de cette brousse.

– Je vous en prie, monsieur le ministre.

– Voilà, fulmina Reverchon, je suis l'objet d'une

campagne diffamatoire de la part de Sainte-Croix. Il répand le bruit que je suis...

Le Président l'interrompit d'un geste.

– Homosexuel, je sais. Il vous appelle African Queen, répondit-il gaiement. Il a toujours eu le sens de la formule... Ce n'est pas bien méchant. Ça aurait plu au Général !

Reverchon semblait outré de voir avec quelle désinvolture le Président accueillait sa doléance.

– Monsieur le Président, il s'agit d'une calomnie !

Le Président lui jeta un regard railleur.

– Mais non, il ne faut pas dramatiser... Déjà, lorsque j'étais à Matignon, j'ai eu vent de rumeurs qui allaient dans ce sens... Allons, Reverchon, il faut assumer sa libido... Reconnaissez qu'il vous est arrivé de ressentir un petit coup de chaleur pour certains de vos collègues. On est entre hommes, si j'ose dire !

Les bajoues de Reverchon tremblaient d'indignation.

– Monsieur le Président, je vous affirme solennellement que je n'ai jamais eu un geste déplacé envers un membre de votre gouvernement.

Le Président marqua un arrêt pour contempler le vol circulaire d'un aigle pêcheur au-dessus du marigot. Il demanda à Reverchon sans le regarder :

– Vous n'avez jamais essayé d'embrasser Bordenave ?

– C'était une étreinte purement fraternelle, protesta l'ancien ministre. Il venait de m'apprendre qu'il était ancien scout... Moi j'étais chef de meute aux Gazelles !... Vous n'avez jamais été scout, monsieur le Président ?

Le Président se tourna vers lui. Il contemplait l'ancien ministre avec un sourire amusé, comme s'il cherchait à imaginer le gros bonhomme soixante ans plus tôt, vêtu de culottes courtes et coiffé du feutre pointu de Baden Powell.

– Non, mon vieux, j'étais éclaireur, moi. Chez les protestants, si on souhaitait une étreinte franche et virile avec un camarade, on changeait carrément de sac de couchage.

Sans se soucier du visage horrifié de Reverchon, le Président se tourna à nouveau vers le marigot, juste au moment où le rapace plongeait et remontait, le trait scintillant d'un poisson frétillant au bout des serres.

– Je vais vous faire un aveu, mon petit Reverchon : je me suis toujours senti mal à l'aise dans vos églises surchargées de saints peinturlurés, de Vierges larmoyantes et de Christs sanguinolents, que j'ai toujours considérés comme le symbole du mauvais goût. En revanche, je garde un souvenir ému des temples dépouillés de mon enfance, des austères lieux de culte de mes ancêtres les tutoyeurs de Dieu.

Reverchon avait pâli en entendant cet aveu inattendu. Il répliqua d'un ton sec.

– Monsieur le Président, je vous signale que les catholiques tutoient également Dieu.

– C'est tout récent. Ça fait à peine quatre papes... Disons que c'est une familiarité de fraîche date, alors que la nôtre date des temps héroïques où nous étions exilés ou traqués dans nos montagnes arides. Mes ancêtres devaient prier en cachette autour d'autels de fortune camouflés en tonneaux pour échapper à la fureur des dragonnades. Ça vous forge une autre intimité qu'un tutoiement de concile, non ?

Reverchon était assommé par ce règlement de comptes.

– Monsieur le Président, répliqua-t-il, la voix tremblante d'indignation, je vous avoue ne pas comprendre cette agressivité soudaine. Mes amis et moi-même avons toujours été à vos côtés. Nous vous avons fidèlement apporté notre soutien lors de chaque échéance électorale.

– C'est bien là, le problème ! Cela fait vingt ans que je dois supporter votre vieille droite conservatrice, vingt ans que je dois fermer les yeux sur vos défilés anti-avortement, vos manifestations pour la défense de l'école libre, moi qui ai été élevé dans la vieille tradition laïque de Jules Ferry. Mes ancêtres étaient tous des radicaux francs-maçons et mon père était issu d'une école normale d'instituteurs !

– Pourtant, monsieur le Président, répliqua Reverchon ulcéré, on vous a vu plusieurs fois à l'église.

D'un geste, le Président balaya ce passé.

– C'étaient des messes purement électorales, et puis ça faisait plaisir à mon épouse qui, par tradition familiale, a toujours eu du goût pour la liturgie.

Il eut un geste désinvolte.

– Disons que j'étais un athée clandestin.

D'une paume joviale, il tapota l'épaule de Reverchon.

– Il y a bien des pédés honteux... *Nobody is perfect !*

Et il repartit d'un pas alerte, sa civette borgne sur les talons, faisant tournoyer son club de golf.

Décidément, il était en train de couper les ponts avec son passé...

16

Ce matin-là, nous étions réunis dans la case du Chef qui venait de puiser dans la calebasse un échantillon de sa nouvelle cuvée de vin de palme. Il était anxieux de connaître l'opinion de Jojo, le seul parmi les Français à apprécier son breuvage préféré.

Il y avait là Marie-Rose, l'épouse friponne du Chef, et Marie-Ange, la jumelle de Madame M'Bafoua qui avait provoqué le scandale. Depuis que Jojo avait boxé Weber-l'avion, elle le considérait à la fois comme son protecteur et son héros. Assise à ses pieds, elle le couvait d'un œil câlin.

Comme d'habitude, Marie-Arlette, l'aînée des épouses du Chef, était postée devant la porte, afin qu'aucun intrus ne vienne troubler la dégustation.

Dans un silence recueilli, Jojo, la narine inspirée, a humé le vin de palme contenu dans le gobelet. Puis il a goûté le breuvage, l'a gardé un long moment dans sa bouche, les yeux fermés, en faisant la mimique de celui qui mastique et, à la stupeur générale, il a craché le vin sur le sol de la case.

Le Chef était atterré.

– Il n'est pas bon ?

Jojo l'a rassuré :

– Si je le crache, c'est pour ne conserver que le parfum dans mes papilles, pour ne pas me gâter la bouche. On fait toujours cela pour les grands crus.

Le visage du Chef s'est illuminé.

– Tu veux dire que c'est un grand cru ?

Jojo a approuvé gravement :

– Fais-moi confiance : ce vin de palme-là, on en parlera longtemps.

Il s'est penché vers le Chef, solennel.

– Ton vin, il n'est pas bon, il est exceptionnel !

Le Chef a promené sur nous un regard vainqueur. Jojo m'a tendu le gobelet. A mon tour, j'ai bu une gorgée que j'ai longuement gardée dans ma bouche, et j'ai suivi l'exemple de mon copain et je l'ai recrachée sur la terre battue.

– Il est hautement délectable ! ai-je proclamé avec force.

Le Chef m'a jeté un regard sévère.

Alors que, chez nous, les femmes ne boivent jamais d'alcool, les deux filles, ravies de ce nouveau jeu, ont insisté pour goûter le vin. Les yeux fermés, elles ont fait mine de le savourer avant de le cracher bruyamment sur le sol en s'extasiant sur son admirable saveur. A la vue du regard que leur a lancé le Chef, je me suis dit qu'il ne semblait pas fervent de cette coutume nouvelle que Jojo-les-cheveux-blancs venait d'introduire au village.

A ce moment-là, Marie-Arlette a passé la tête par l'ouverture de la case.

– Voilà ton Président, a-t-elle lancé à Jojo. Il a l'air bien guilleret, ce matin.

J'ai suivi mon copain sur le seuil de la case.

Escorté de sa civette, le Président se livrait à sa tournée quotidienne de serrements de mains aux hommes, de compliments aux femmes et de baisers aux enfants. Quand il a avisé Jojo qui était en train de le prendre en photo, son visage s'est fendu d'un sourire.

– Tu es vraiment partout chez toi, ici !...

Sans ôter l'œil de son viseur, Jojo m'a désigné.

– Depuis le jour où Dieudonné m'a nommé nègre d'honneur, j'ai acquis le privilège de pénétrer dans toutes les cases du village !

On a rigolé. Le Président m'a serré la main. Moi, comme à chaque fois, j'étais étonné et un peu fier de voir la familiarité avec laquelle mon copain traitait le Président de la France.

– Peux-tu me dire, a demandé Jojo, ce qui justifie ton visage réjoui ?

– Pour la première fois depuis bien des années, lui a répondu le Président, je me suis offert un plaisir que ma fonction m'interdisait : j'ai balancé son paquet à Reverchon, African Queen, comme tu l'appelles !

Jojo a éclaté de rire.

– Bravo. Ce gardien de l'ordre moral qui passe ses journées à mater en sournois les petits garçons à poil commençait à avoir besoin d'être remis à sa place !

Il a eu une grimace.

– D'abord Weber, maintenant Reverchon... Ça y va sec, les règlements de comptes en brousse. Le retour va être difficile !

Le Président lui a adressé un sourire énigmatique.

– S'il y a un retour...

Jojo lui a jeté un regard surpris. Je sentais qu'il allait lui poser une question, mais le Chef, qui était resté à l'écart, s'est avancé d'un pas.

– Monsieur le Président, accepteriez-vous de me faire l'honneur de venir boire un petit verre avec nous ?

Le Président a fait une grimace.

– A cette heure-ci ?

Jojo est venu à la rescousse.

– Allez, laisse-toi persuader ! Le vin de palme nouveau est arrivé. Ça se fête.

Le Président a poussé un soupir résigné, puis s'est courbé pour entrer dans la case. Jojo lui a désigné les deux filles tout intimidées.

– Je crois que tu connais ces dames.

Avec son joli sourire à fossettes, le Président s'est incliné.

– Parfaitement. Bonjour, Marie-Rose, toujours aussi ravissante. Le Chef est un heureux homme ! Bonjour, Marie-Ange, j'espère que vous êtes remise de cet incident pénible provoqué par notre compatriote.

Pour masquer leur trouble, les deux filles masquaient leur visage en gloussant derrière leurs paumes roses.

Le Président s'est assis sur la chaise de palabre que le Chef avait placée pour lui. Il a pris le gobelet de vin de palme et s'est tourné vers Jojo.

– A la santé des amis qui n'auront jamais notre âge !

Il a bu d'un trait et apprécié d'une moue.

– Remarquable !

Pendant qu'il posait au Chef des questions techniques sur la durée de macération du vin de palme, Jojo s'est tourné vers moi.

– Je vais te faire une confidence, me glissa-t-il à voix basse, il a horreur de ça !

Moi, j'étais stupéfait. Je lui ai demandé tout bas :

– Mais alors, pourquoi il dit qu'il aime ?

– Ça fait partie du métier de Président de la République !

Le Président a surpris notre conciliabule.

– Qu'est-ce que tu es en train de lui raconter ? a-t-il demandé à Jojo.

– Je lui expliquais les grandeurs et servitudes de ta charge.

Le Président s'est tourné vers moi. Il m'a désigné Jojo d'un index sévère.

– Méfiez-vous de tout ce que vous dit cet homme, c'est un anarchiste cynique et destructeur !

Jojo et lui ont eu un même sourire. Plus j'assistais à leurs rapports, plus je m'apercevais que, dans leurs conversations, la malice était toujours présente...

– On est bien gais, ici. On vous entend rigoler jusqu'au bout du village !

La voix sonore de Fanny venait de retentir. On s'est tous retournés vers l'entrée de la case où la maman d'Emile Zola était postée, mains sur les hanches, barrant la porte à la malheureuse Marie-Arlette impuissante une fois de plus.

– Tu n'as pas honte, Président, de t'encanailler avec cette bande d'ivrognes ?

Cérémonieux, le Président s'inclina pour baiser la main baguée de Fanny.

– Chère madame, permettez-moi de vous présenter mes hommages du matin.

Fanny gloussa d'aise et nous jeta un regard triomphant, comme pour nous prendre à témoin de la déférence que lui témoignait le Président de la France.

– Président, lui dit elle, il faut que je te parle. Il s'agit d'un sujet de la plus haute importance.

– Je vous écoute, lui répondit le Président étonné par la gravité du ton.

– Non, je dois te parler seule à seul. Allons dans mon logement.

Fanny n'employait jamais le mot case quand il s'agissait de son habitation. Elle trouvait que l'appellation « logement » faisait plus ville.

Après un dernier compliment au Chef sur l'excellence de son vin de palme, le Président prit congé et partit avec Fanny.

Jojo et moi on les regardait s'éloigner : elle, majestueuse dans son grand boubou à coquillages, dominait de toute la hauteur de son turban le Président, club de golf au poing, civette sur les talons.

– Ils forment un couple épatant, commenta Jojo en portant à son œil l'appareil photo.

Arrivée devant chez elle, Fanny pointa le doigt en direction de la civette borgne.

– Pas question, lança-t-elle, que ta bête entre dans mon logement !

Le Président le prit de haut.

– Je vous signale que mes chiens entraient à l'Elysée !

– Tu fais ce que tu veux dans ta case, ici, c'est chez moi et je ne veux pas de cet animal qui pue.

Comme si elle avait compris, la civette s'était déjà couchée à l'ombre devant l'entrée de la case.

Fanny écarta le rideau de perles. Comme Mathilde avant lui, le Président marqua un temps d'arrêt devant cet assemblage de souvenirs hétéroclites.

Il suivit Fanny et son œil s'arrondit à la vue du poste de radio qui trônait sur le guéridon de marqueterie, à côté de la lampe à pétrole à l'abat-jour en perles de verre.

– Elle fonctionne ?

– Elle marche très bien, répondit fièrement Fanny. C'est la seule radio du village. Je ne l'écoute que deux fois par semaine pour économiser les piles.

Le Président avait du mal à masquer sa fébrilité.

– Donc vous avez entendu les informations ?

Elle eut une expression malicieuse.

– Non, mon Président. Sur ma radio, on ne reçoit que des tangos.

Charitable, elle corrigea :

– Mais de temps en temps, ils interrompent le programme quand il y a de grandes nouvelles...

Elle lui glissa un regard espiègle.

– Par exemple, une journée de deuil national en France.

– Une journée ! s'étrangla le Président. C'est tout ?

Elle eut un geste d'impuissance.

– Ils ont dit aussi que le président du Sénat te remplaçait en attendant les nouvelles élections.

A l'annonce de cette bataille dont il était exclu, le Président blêmit.

– Ils ont parlé des sondages ?

Elle poussa un soupir navré.

– Le Premier ministre a sept points d'avance sur le candidat de ton parti.

Le Président laissa échapper sa fureur.

– Raynal Président !... Pauvre France.

Elle lui fit signe de s'asseoir. Il se laissa tomber sur le divan, provoquant la chute de la poupée blonde que vint prestement relever Fanny. Au passage, elle posa une main sur l'épaule du Président prostré.

– Allons, ne sois pas contrarié, le consola-t-elle d'une voix radoucie, de toute manière, tu n'y peux rien. J'ai à te parler de choses beaucoup plus graves.

Le Président lui jeta un coup d'œil intrigué.

– Il s'agit de mon garçon, annonça Fanny, solennelle.

– Que se passe-t-il ? Il lui est arrivé un accident ?

– C'est pire que cela. On lui a jeté un sort.

Le Président eut du mal à masquer son agacement.

– Et en quoi puis-je intervenir dans ces pratiques qui relèvent exclusivement de votre culture ?

L'œil mauvais, Fanny lui lança :

– Ça te concerne directement, parce que c'est ta ministre qui me l'a envoûté !

Le Président haussa les épaules.

– J'imagine mal Mathilde Duprée se livrant à des actes de sorcellerie.

– Et pourtant, c'est le cas. Je ne vois plus mon garçon. Il passe toutes ses journées avec elle. Depuis qu'elle est là, il n'est pas venu me visiter une seule fois dans mon logement.

– Enfin, répondit le Président avec humeur, il me semble légitime qu'un garçon de vingt-cinq ans ait le béguin pour une jeune femme sans crier à la sorcellerie !... Ce n'est plus un enfant.

Fanny se pencha vers lui.

– Tu te trompes, Président, lui dit-elle gravement. Ici, l'âge ne compte pas. Ce sont les étapes de la vie qui marquent un homme. Chez nous, un grand-père est vieux même s'il a quarante ans, et un homme sans enfant reste toujours un enfant.

Soudain, le carillon du coucou Windsor égrena ses quatre notes, ce qui fit sursauter le Président.

– Tu sais, continua Fanny, je n'ai qu'un enfant. Emile Zola est tout pour moi. Je n'ai pas envie de me le faire voler par une aventurière qui le considère comme un jouet sexuel et qui le jettera quand il aura cessé de l'amuser !

Le Président le prit de haut.

– Je ne vous permets pas de traiter une de mes ministres d'aventurière, même si elle fait partie de l'opposition ! Mathilde Duprée a fait des études brillantes et elle est la plus jeune ministre de ce gouvernement. Cela vous prouve qu'il s'agit d'une personnalité en tous points respectable !

Fanny se balançait sur son fauteuil à bascule, pas persuadée par les arguments du Président.

– Est-ce qu'elle est un bon ministre ?

– Elle manque encore d'expérience, mais elle connaît bien ses dossiers.

Elle garda un temps de silence avant de lancer, innocemment :

– En France, les femmes ministres ont le droit d'avoir plusieurs maris ?

– Pourquoi cette question ?

– Elle m'a dit qu'elle vivait avec un homme.

Le Président haussa les épaules.

– Et alors, répondit-il avec humeur, les ministres ont le droit d'avoir une vie privée. On n'est pas des talibans, en France !

Elle se fit charmeuse.

– Bon, bon, je ne critique pas son passé... Mais essaie de savoir ce qu'elle a dans la tête. C'est une maman qui te le demande.

Le sourire soleil illumina son beau visage.

– Elle te dira tout, tu es son Président... Et le genre d'homme auquel les femmes aiment se confier.

Elle posa sa grande main baguée sur celle du Président. Elle se pencha vers lui, ses yeux plantés au fond de ceux de son vis-à-vis. Elle avait le regard de son bon vieux temps, ce regard à la fois passionné et maternel qui avait fait de Fanny la plus sollicitée des pensionnaires de Madame Yolande.

– Tu connais les manières, mon Président, lui murmura-t-elle, et tu manies la galanterie comme personne...

Comme tant de matelots avant lui, le Président se sentit envahi par une vague de bien-être, et le beau sourire à fossettes apparut sur son visage.

17

Au village, tout le monde savait que le Chef cachait sa réserve de vin de palme dans la case fétiche.

Un soir, Jojo et moi l'avions accompagné jusqu'au manguier sacré pour remplir la calebasse. En tournant la clé dans la serrure – c'était la seule porte qui fermait à clé dans le village – le Chef s'est tourné vers Jojo.

– Tu m'attends ici avec Dieudonné. Un Blanc ne doit pas pénétrer dans la case fétiche.

Il ne fallait pas dire ça à Jojo. Il a exposé au Chef qu'il n'était plus blanc depuis que je l'avais nommé nègre d'honneur, a juré sur la tête de ses ancêtres qu'il garderait le secret absolu sur ce qu'il verrait à l'intérieur de la case. Je suis venu à sa rescousse. J'ai assuré au Chef que Jojo était un Blanc différent des autres Blancs, ce dont le Chef s'était déjà rendu compte depuis que mon copain avait boxé Weber-l'avion pour venger l'honneur de la jumelle de Madame M'Bafoua. Bref, le Chef a fini par se rendre à nos arguments et Jojo a été le premier Blanc à pénétrer dans la case fétiche dont j'ai soigneusement refermé la porte derrière nous.

Ça me faisait drôle de voir mon copain au milieu de tous nos grigris. Il a promené un regard émerveillé sur les instruments de magie et il a décrété que la case fétiche était l'endroit idéal pour savourer le vin de palme. Le Chef s'est indigné.

– On ne peut pas faire ça !... Tu te trouves dans un lieu sacré. Ce n'est pas un bar !

Alors, Jojo nous a expliqué avec passion qu'un bar est le plus magique de tous les lieux magiques. C'est là qu'on vient retrouver ses rêves, qu'on part au bout du monde, que l'on s'invente les vies qu'on n'a jamais vécues et qu'on ne vivra jamais... Dans un bar, la nuit et le jour n'existent plus, tout le monde se tutoie et on offre à boire à des inconnus qui sont devenus vos frères... Une fois de plus, conquis par la bonne palabre de mon copain, le Chef a cédé. Et, entre nous, je suppose que ça l'arrangeait bien de pouvoir se taper des petites dégustations loin des gens du village et de leurs commérages.

Suivant les conseils de Jojo, nous avons procédé à quelques aménagements. On a placé la lampe à huile derrière un masque grimaçant, ce qui apportait une note d'intimité à ce lieu angoissant. On a dressé une grande planche supportée par quatre statues d'envoûtement.

Ainsi, on pouvait poser nos gobelets devant nous comme sur un vrai bar.

Et, touche finale, on a installé face au comptoir trois tam-tams qui ont fait fonction de tabourets.

– Superbe, a commenté Jojo, épanoui, en contemplant la case ainsi modifiée, on a l'impression de se trouver dans un piano-bar branché de la Bastille ou de Canal Street !

Le Chef faisait un peu la gueule devant sa case fétiche transformée en débit de boissons, mais après quelques petits coups de vin de palme, il a fini par admettre que c'était quand même nettement plus chaleureux qu'auparavant...

A dater de ce soir-là, on s'est retrouvés tous les jours devant le manguier sacré à l'heure de l'apéro. On arrivait séparément, pour ne pas éveiller l'attention, le Chef nous ouvrait, et on se faufilait à l'intérieur.

C'est ça, le luxe suprême, nous a expliqué gravement Jojo : avoir son bar privé que l'on referme à clé derrière soi !

Chaque soir, devant notre gobelet de vin de palme, on lui livrait quelques fragments de nos traditions.

Jojo était passionné par les grigris, les amulettes et tous les objets de la magie. Il a tenu à connaître le nom de chacun des génies du marigot. Il voulait savoir à quels rituels servaient les crânes d'oiseau et les pattes de singe et quelles étaient les vertus de la graine du baobab que l'on tient serrée dans le poing pendant que le sorcier récite les incantations. On lui a appris à lire l'avenir selon la disposition des coquillages que l'on projette sur le sol.

Il était fasciné quand on lui a parlé du chakatou, le fusil de la nuit qui jette des sorts à des kilomètres de distance. Aucun grigri ne peut en protéger à part les scarifications gravées sur la poitrine avec un couteau trempé dans une décoction de plantes magiques.

Il tenait à connaître en détail le rituel du jugement de la tortue et de la sentence de l'araignée, les deux sages de la forêt, après l'éléphant, bien sûr.

Dans la pipe en os d'hippopotame, le Chef lui a fait fumer l'herbe à rêver qu'il allait cueillir dans la forêt des Pygmées quand la lune était pleine.

De l'herbe pour transformer en lions les guerriers,
De l'herbe pour contenter les femmes-éléphants

Comme on dit chez nous. Chez nous, où les vivants et les morts, les animaux et les hommes composent, à égalité, la grande harmonie de la nature, cette nature qui est la source même de notre vie, cette nature dont nous craignons les colères et dont nous louons les bienfaits...

Evidemment, le Chef ne pouvait pas répondre à toutes les interrogations de mon copain.

Il a accepté de lui révéler quelques magies bénéfiques, celles qui font venir la pluie, qui dirigent la flèche du chasseur droit sur le gibier, qui guérissent le mal, qui attirent les bons esprits pour protéger le nouveau-né. En revanche, quand Jojo lui a demandé les pratiques d'envoûtement et de désenvoûtement, le Chef a refusé tout net. Les magies maléfiques doivent rester un secret inaccessible aux non-initiés, un pouvoir détenu uniquement par les sorciers. Il a juste consenti à lui montrer les sachets de poudres qui donnent les mauvaises coliques. Suivant le dosage, elles peuvent mettre des mois ou même des années à faire mourir celui que les esprits ont condamné. Personne d'autre que le Chef ne se risquerait à toucher à ces sachets magiques. Il faut être très bon sorcier pour savoir utiliser les poisons-retard.

Le Chef a conseillé à mon copain de ne jamais laisser traîner des petits morceaux de lui, des cheveux ou des rognures d'ongles, car cela peut être utilisé dans les sortilèges d'envoûtement.

Un soir, accoudés à notre bar, nous écoutions couler les derniers grains de mil à l'intérieur de la canne de palabre que tenait Jojo. D'un geste respectueux, il l'a rendue au Chef.

– Plus tard, dit-il ému, quand je serai assis sur un autre tabouret de bar, de l'autre côté de la mer, je pourrai dire que j'ai tenu entre mes mains une canne magique...

– Il n'y a pas de cannes magiques en France ? lui a demandé le Chef.

Jojo a réfléchi, puis a eu un sourire mélancolique.

– Je crois que la seule canne magique qui subsiste, dans nos pays hautement civilisés, c'est la télécommande de la télévision !

C'est quelques jours plus tard qu'eut lieu l'incident.

Jojo se sentait maintenant chez lui dans la case fétiche. Le Chef le laissait farfouiller parmi les pattes de singe desséchées, les bouquets de plumes poussiéreuses, les statuettes d'envoûtement et les crânes d'oiseau. Il venait d'emplir nos trois gobelets. Nous avions pris place sur nos tam-tams habituels et on attendait Jojo pour trinquer, comme d'habitude.

Je le hélai :

– Eh bien, Jojo, qu'est-ce que tu fabriques ?... On a soif !

Il émergea du fouillis des grigris, l'air soucieux. Il tenait une petite boîte en bois qu'il a posée sur le bar.

– Je viens de retrouver une odeur que je connais. Une odeur que je n'oublierai jamais.

Le Chef et moi, on s'est penchés vers la boîte dont Jojo venait de soulever le couvercle. On a eu un identique mouvement de recul en sentant l'odeur âcre et écœurante de la mixture préparée par N'Gong.

Jojo nous a regardés à tour de rôle.

– C'est bien cette pommade qui était sur la blessure du Président ?

On a tous les deux baissé la tête. Le Chef s'est penché vers Jojo.

– Jusqu'à maintenant, lui a-t-il dit gravement, je ne t'ai livré que des petits secrets. Maintenant, tu vas savoir ce qu'est la Grande Magie, mais tu dois me jurer que jamais, jusqu'au jour de ta mort, tu ne répéteras ce que je vais te dire.

– Je te le jure, a répondu Jojo impressionné par le ton du Chef.

Et ce soir-là, accoudé au bar de la case fétiche, le

Chef révéla à Jojo le secret de la guérison miraculeuse du Président de la France.

Lorsqu'il arriva au terme de son récit, le Chef poussa un long soupir, comme pour évacuer les sortilèges de cette nuit d'angoisse, et liquida d'un trait le contenu du gobelet posé devant lui.

Nous avons fait de même. On en avait tous les deux besoin. Moi pour me remettre de l'évocation de cette terrible nuit, Jojo parce qu'il venait d'entendre l'inimaginable...

Le silence était tombé dans la case. Finalement, Jojo a levé le visage. Ses yeux étaient très brillants. Jamais je ne l'avais vu aussi grave. Il a demandé d'une voix sourde :

– Et vous êtes sûrs que, sans l'intervention de ce Pygmée, le Président serait mort ?

On a tous les deux acquiescé. Jojo est resté un moment silencieux, puis il a murmuré :

– Il existe donc des magies qui peuvent arracher des hommes à la mort ?

Le Chef et moi, on s'est regardés, étonnés qu'un grand Blanc, savant comme Jojo, puisse poser des questions pareilles.

– Bien sûr, a répondu le Chef, il y a même des Grandes Magies qui font revenir les morts de chez les ancêtres. C'est le secret des Pygmées.

Un nouveau silence est retombé dans la case.

– Et pourquoi vouliez-vous sauver la vie du Président ?

J'ai pris la parole :

– C'est Fanny qui a voulu qu'on aille le chercher. C'est même elle qui a payé N'Gong.

Jojo a eu un sourire ému.

– Sacrée Fanny... Et ça s'est passé ici ?

Le Chef lui a désigné le sol.

– Ton Président était étendu là. Et puis, Dieudonné et Emile Zola l'ont ramené dans la clairière pendant que vous dormiez encore.

Jojo m'a adressé un regard amical.

– Il devait être lourd ?

J'ai fait oui de la tête.

– Et, en plus, on avait la trouille de vous réveiller !

Jojo a rempli nos gobelets.

– Je vous propose, a-t-il demandé, de boire à la santé de N'Gong, petit homme et grand sorcier qui a sauvé mon Président et mon ami.

Ce soir-là, pour célébrer notre nouvelle connivence, le Chef a offert à Jojo un petit sachet de poudre magique pendu à un lacet de cuir.

Tandis qu'il passait dévotement le collier autour de son cou, le Chef et moi avons échangé un regard heureux. On ne s'était pas trompés. Ce Blanc-là, qui respectait nos fétiches, avait bien mérité sa distinction de nègre d'honneur...

Quelques jours plus tard, j'eus la démonstration des rapports tendus qui pouvaient exister entre les Blancs de l'avion.

J'avais attrapé un pangolin – c'est comme un gros lézard de plus d'un mètre cinquante – que la petite Marie-Ange, la jumelle amoureuse de Jojo, avait fait cuire à l'étouffé enveloppé dans des feuilles. Un plat de roi, chez nous.

Comme il y avait beaucoup de viande, j'avais proposé à Jojo d'inviter les Blancs de l'avion. Le Président avait décliné l'invitation car il souffrait d'un violent mal de tête.

En vérité, m'avait glissé Jojo en rigolant, c'est en apprenant la composition du menu que le Président s'était découvert cette brusque migraine. L'hôtesse et lui-même gardaient un souvenir peu plaisant du singe au gombo et la perspective de bouffer un lézard ne les enthousiasmait que médiocrement... Jojo voulait inviter Fanny, mais je l'en avais dissuadé. Ce soir, Fanny ne quitterait son logement sous aucun prétexte car c'était la nuit du passage de son satellite-tango.

Il y avait donc, à notre dîner, Emile Zola et sa petite ministre qui n'arrêtaient pas d'échanger de chauds regards en se chuchotant des tendresses, le gros Reverchon qui avait accepté l'invitation seulement lorsqu'il eut l'assurance que le Président ne participerait pas au repas. Il était accompagné de Jean-Baptiste, le petit pêcheur, qui portait fièrement au poignet la montre-cadeau de l'ancien ministre. Les autres convives étaient Toledano-le-gorille qui faisait toujours la gueule, Jojo et sa jumelle, le Chef et ses deux femmes, et puis moi.

Weber-l'avion avait refusé de venir. D'ailleurs, depuis la nuit de la fête, il restait dans son coin et n'adressait la parole à personne.

On s'était installés devant la case du Chef, à la lueur de deux lampes à huile.

Tout de suite, je remarquai les regards furieux que coulait Toledano en direction du couple Mathilde-Emile Zola. Il y avait de la haine dans son œil. De la jalousie aussi, je pense. Je revoyais encore Mathilde le repousser quand il avait posé la main sur sa cuisse au bord du marigot. Ça devait être agaçant pour un ministre diplômé partout de voir que sa collègue lui avait préféré un petit nègre de brousse. Moi, j'étais fier pour mon copain.

Pendant que je découpais le pangolin, j'ai vu l'œil de Toledano-le-gorille se braquer sur le grigri qui pendait autour du cou de Jojo. Je me suis retenu pour ne pas rigoler : ce type-là découvrait que le clan des

Blancs était en train de sombrer définitivement dans la négritude !

– Je vois, lança-t-il à Jojo, que vous avez adopté les amulettes locales...

Mon copain n'a pas eu l'air étonné. Lui aussi avait surpris les coups d'œil rageurs du ministre en direction du couple domino.

– Mais oui, mon vieux, lui rétorqua Jojo. Et j'y crois, moi, aux amulettes locales, comme vous dites ! Je respecte l'Afrique des fétiches et des magies. Et je l'aime, cette Afrique rieuse et mystérieuse où l'islam n'a pas encore banni les rêves pour imposer ses ukases...

Jojo eut droit au regard reconnaissant de tout le clan nègre, et au sourire de Mathilde en prime.

Toledano demanda, agressif :

– Qu'est-ce que vous reprochez à l'islam ?

Jojo hocha la tête, rigolard.

– Ah, voilà que le syndrome *Télérama* repointe son nez. Vous faites donc partie de la cohorte des juifs de gauche qui condamnent les méchants Israéliens et compatissent aux misères des pauvres Palestiniens...

– Qu'est-ce que vous avez contre les juifs et les Palestiniens, monsieur de Sainte-Croix ? rétorqua Toledano piqué.

Jojo engloutit sa bouchée de pangolin.

– Non, je ne suis pas antisémite, monsieur le ministre. Mon père avait épousé une fort belle danseuse roumaine du nom de Sarah Kartitz, petite-fille du rabbin de Craiova, qui donna le jour à votre serviteur, ce qui valut d'ailleurs à mon père d'être mis à l'index par toute sa famille.

Il s'essuya la bouche de la main avant de reprendre :

– Quant aux Palestiniens... Eh bien, disons que je ne suis pas friand des gens qui se vont se faire exploser dans des cafés à l'heure de pointe. Et puis, cette tradition d'assister aux enterrements le visage recouvert d'un passe-montagne me semble du plus mauvais goût et enfin, pour conclure, je trouve que le châle à carreaux des martyrs de l'islam a un côté pot de confiture Bonne Maman tout à fait grotesque.

Il eut un sourire devant le visage ulcéré de Toledano.

– Vous voyez, conclut-il, que mes critiques sont essentiellement d'ordre vestimentaire !

Blême, Toledano grinça :

– Votre cynisme est abject.

Jojo eut une moue enjouée.

– Disons qu'il n'est pas très tendance...

Il avala une gorgée de vin de palme et pointa le doigt vers le ministre.

– Tiens, vous qui avez fait l'ENA, citez-moi donc cinq violonistes et cinq prix Nobel de littérature palestiniens ?

Toledano était d'autant plus ulcéré que, pour chercher un soutien, il s'était tourné vers Mathilde et avait constaté qu'elle avait l'air de s'amuser des provocations de Jojo. Charitable, elle vint à la rescousse de son collègue.

– Je suppose, lança-t-elle à Jojo, que vos paradoxes doivent faire florès dans les dîners en ville !

Jojo leva le doigt.

– Plus jamais de dîners en ville, chère madame, uniquement des escales dans les bars car le grand avantage de ces lieux de rencontre est que l'on peut y choisir son tabouret !

Moi, je pensais à ce que nous avait dit Jojo sur les bars, ces endroits magiques où l'on vient rejoindre ses rêves et où l'on offre à boire à des inconnus qui deviennent vos frères, et je pensais qu'il avait bien raison. Surtout quand je voyais la tête méchante de Toledano-le-gorille...

Reverchon venait d'avaler un morceau de pangolin que lui avait découpé Jean-Baptiste. Il approuva d'un mouvement de tête.

– Très juste. C'est un privilège hautement appréciable que de pouvoir choisir son voisin de table !

Et là, Toledano explosa :

– Vous êtes odieux, les uns et les autres ! Oser transformer la révolte d'un peuple en lutte pour sa survie en conversation de salon !... Je hais ce dandysme des beaux quartiers, cette désinvolture des nantis qui ne respectent ni la misère ni la souffrance... Moi, si j'ai réussi à me hisser là où j'en suis, c'est grâce à des bourses. Mon père est mort quand j'avais trois ans. Ma mère a dû faire des ménages pour que je puisse poursuivre mes études. Le dimanche, elle m'emmenait avenue Foch et, là, elle actionnait le bouton du feu rouge, et nous traversions fièrement devant toutes ces belles voitures arrêtées pour nous seuls.

Jojo apprécia d'un mouvement de tête.

– Belle anecdote !... Cela a dû faire le bonheur des attachées de presse !

Reverchon renchérit :

– Genre de détail très valorisant vis-à-vis des électeurs !

Furieux, Toledano s'était levé. Il promena son regard sur les Blancs :

– Je vous méprise tous. Toi aussi, Mathilde, qui prétends défendre les valeurs de la gauche alors que tu as passé ton enfance sur les terrains de golf du Racing !

– Uniquement l'équipe de natation junior, corrigea doucement Mathilde.

Toledano haussa les épaules, partit à grandes enjambées et s'enfonça dans la nuit.

Reverchon poussa un soupir qui fit trembler ses grosses joues.

– Pourquoi a-t-il cette réaction ?... Moi, j'aurais payé cher pour avoir une enfance pauvre.

Après la soirée du pangolin, on ne revit plus Toledano-le-gorille. Comme Weber-l'avion, il s'était mis à l'écart des autres Blancs.

Ainsi que le fit judicieusement remarquer le Chef en découpant la dernière patte du gros lézard, si on perdait un Blanc à chaque fois que l'on organisait un dîner, on avait intérêt à arrêter nos invitations !

Le lendemain soir, Jojo et moi, on pêchait le capitaine au bord du marigot. Je lui ai fait signe.

– Regarde. Il est figé comme un arbre.

Devant les palmiers que la brume de chaleur faisait un peu trembler, se détachait la silhouette sombre du Président. Immobile, appuyé sur son club de golf, il semblait attendre que le soleil rouge soit complètement avalé par la forêt. Jojo a eu un sourire attendri.

– Il nous la fait Sainte-Hélène...

J'ai voulu montrer à mon copain que j'étais savant.

– Sainte-Hélène, c'est là qu'est mort Napoléon ?

– Tout juste, m'a-t-il répondu en portant l'appareil photo à son œil. Et moi, je suis son Las Cases...

Las Cases, c'est un drôle de nom pour un Blanc. Je lui ai demandé tandis qu'il prenait une autre photo :

– Las Cases, c'est un architecte ?

Il a rigolé.

– Non, c'était un historien. Il est resté auprès de Napoléon jusqu'à sa mort et il a écrit ses mémoires. Moi, je ferai comme lui avec le Président, mais je laisserai un recueil de photos.

Je lui ai posé une question qui me tarabustait :

– Comment tu fais pour avoir encore des pellicules pour ton appareil ?

Il s'est tourné vers moi.

– Il y a bien longtemps que je n'en ai plus !

J'ai mis un moment à comprendre.

– Tu veux dire que les photos que tu prends n'existent pas ?

– Mais si, elles existent, puisque je les ai vues dans mon viseur. Mais elles n'existent que pour moi. Je les classe dans ma mémoire comme dans un album. Un album que je suis le seul à pouvoir feuilleter.

Il a rigolé, a levé un doigt.

– Surtout, ne le dis pas aux autres !

Je lui ai promis en me disant que, vraiment, mon copain avait le raisonnement encore plus nègre que tous les Africains réunis !

18

Hugo l'hippopotame en avait ras la casquette...

Déjà, il y a un an, il n'avait guère apprécié que, d'un jet de sarbacane, ce grand Blanc barbu lui plante en sournois une seringue dans l'arrière-train.

Hugo s'était aussitôt senti glisser dans un sommeil pesant et, à son réveil, il portait un collier autour du cou, ce qui avait provoqué les bâillements ironiques de quelques crocodiles voisins. Il avait bien essayé d'ôter ce bijou ridicule en se roulant sur le sol, mais sans succès. Et puis, les mois passant, Hugo, promu au rang d'hippopotame-émetteur, avait fini par considérer cette parure comme une partie intégrante de sa rustique personnalité, et il en tirait une certaine vanité.

On ne doit pas refuser le progrès, même lorsqu'on est hippopotame.

Depuis plusieurs dizaines d'années, l'emploi du temps d'Hugo était réglé à la perfection. Il passait les heures de canicule immergé dans l'eau fraîche du marigot. Dès le soleil couché, il gagnait la rive et se roulait dans la boue bienfaisante. Ensuite il s'adonnait à une longue sieste, le temps que la glaise sèche et se transforme en une croûte protectrice. La nuit tombée, il allait brouter ses quarante kilos d'herbe et il revenait six heures plus tard, au petit matin, repu et heureux. Enfin il retournait dans l'eau et passait la journée à digérer béatement.

Mais, depuis un mois, ce marigot était devenu proprement infréquentable. Depuis l'irruption de ces deux humains qui nageaient à quelques mètres de lui puis couraient en riant pour s'accoupler à l'ombre de son arbre. A l'endroit précis où il venait autrefois faire sa sieste.

Pourtant, ce n'était pas faute de l'avoir marqué, son territoire. Plus de six fois, il avait uriné aux quatre coins de sa plage. Mais aujourd'hui, les jeunes s'en fichaient, des traditions des anciens.

Bien sûr, il aurait pu la jouer irascible, les charger, le groin farouche, en faisant trembler le sol de ses quatre tonnes, mais il n'en avait pas envie. Trop fatigant. Il allait sur ses trente-cinq ans, Hugo, ce qui est un âge respectable pour un hippo. Trop vieux, en tout cas, pour se lancer dans l'assaut ombrageux du mâle dominant... Et puis, charger avec un collier émetteur autour du cou, de vous à moi, ça ne fait pas très sérieux !

Il s'était donc contenté de changer de territoire.

Mathilde n'avait jamais supporté la présence d'un animal quand elle faisait l'amour. A Paris, elle avait dû insister pour que Laurent enferme le chat dans la cuisine durant la nuit.

Au début, le regard de cet hippopotame immobile dont l'œil mi-clos, les naseaux et les oreilles affleuraient la surface du marigot lui avait produit le même effet de gêne. Mais on ne renvoie pas un hippopotame comme un minet, et puis il était chez lui, ce gros hippo à l'œil inquisiteur. Comme les crocos, les singes et les serpents.

– En brousse, lui avait dit en riant Emile Zola en la serrant dans ses bras, il y a toujours des yeux qui te regardent.

Il lui apprenait à vivre dans cette forêt où il avait grandi. Il l'initiait aux mille recettes de la brousse : taper sur les branches en marchant pour écarter les serpents, nager bruyamment pour éloigner les crocodiles, retourner ses chaussures le matin pour s'assurer qu'un scorpion n'y a pas élu domicile durant la nuit, garder son calme face à n'importe quel animal, car c'est la peur qui provoque la piqûre ou la morsure.

Jusqu'alors, tous les garçons qu'elle avait connus l'avaient séduite par leurs qualités intellectuelles. Elle les avait choisis parmi ses camarades de Sciences po ou de l'ENA. Ils venaient de milieux différents, mais ils avaient des formations communes, des goûts voisins, des buts identiques. Et là, pour la première fois de sa vie, elle se retrouvait entre les bras d'un homme qui l'attirait par l'harmonie de ses gestes, la perfection de son corps, la texture de sa peau.

Elle ne se lassait pas de contempler ce corps harmonieux, cette superbe mécanique où chaque muscle était dessiné. Elle avait le sentiment de se tenir devant une statue de Praxitèle animée pour elle seule. Elle avait autrefois admiré les superbes Nubas, photographiés par Leni Riefenstahl, ces sculptures d'ébène aux épaules larges, ces hanches étroites, ces jambes sculptées aux genoux fins... Des os, des muscles et de la peau.

Elle adorait la peau de son amant. Cette peau sombre et douce comme de la soie, au goût musqué, qu'elle ne se lassait pas d'embrasser et de lécher.

La première fois qu'elle avait été prise d'une folle envie de faire l'amour avec Emile Zola, elle avait été arrêtée par la peur du sida qui atteint des proportions terrifiantes en Afrique. Emile Zola l'avait rassurée.

– N'aie pas peur. Je n'ai jamais fait l'amour. Les filles de la tribu ne veulent pas s'approcher de moi à cause de mes yeux verts. N'oublie pas que je suis un métis. En brousse, c'est considéré comme une infirmité !

Elle avait été stupéfaite. Ce superbe garçon de vingt-cinq ans était vierge ! Le fait d'être son initiatrice avait encore attisé son désir.

Lui était émerveillé devant elle. Il osait à peine la toucher, comme s'il avait peur de la briser.

– Ta peau est comme de l'ivoire, lui murmurait-il en contemplant sa main sombre posée sur le corps de sa maîtresse.

Pour la première fois, chez Mathilde, l'amour ne passait pas par le raisonnement, la séduction des mots, mais par l'attirance sous sa forme la plus instinctive. Avec lui, elle vibrait en revivant des sensations d'adolescence, avant qu'elle ne soit aspirée dans la spirale des examens, puis des concours, puis des postes à responsabilité.

Il réveillait chez elle le côté physique qu'elle avait été contrainte de mettre en sommeil. Elle aimait nager plus vite que lui, elle se saoulait de leurs courses éperdues, nus tous les deux. Hors d'haleine, elle se laissait tomber sur le sol rouge. Elle brûlait d'envie de sentir les mains d'Emile Zola glisser sur sa peau en sueur, au cours de leur habituel simulacre de lutte. Cette lutte dont l'issue était toujours la même. Il la pénétrait profondément de son sexe doux et dur.

– Tu es comme une femme éléphant, lui avait-il dit, une fois.

Elle n'avait pas compris. Il lui avait expliqué :

– Chez nous, on dit qu'il y a les femmes oiseaux, les femmes gazelles et les femmes éléphants qui sont les plus profondes. C'est bon.

Il voulait qu'elle lui parle de sa vie à Paris.

Elle avait du mal à évoquer Laurent sur cette bande

de terre où ils venaient de faire l'amour, sous l'œil proéminent de l'hippo qui émergeait de l'eau rouge du marigot.

Il y avait si peu à dire sur Laurent.

Avec le recul, elle se rendait compte que leurs rapports étaient aussi lisses qu'un écran d'ordinateur... Déjà avant, ils se voyaient peu, mais depuis qu'elle était entrée au gouvernement – parité oblige – leurs rendez-vous étaient devenus bihebdomadaires. D'ailleurs ils avaient pris l'habitude de communiquer par e-mails.

Laurent était si poli qu'il se coiffait pour répondre au téléphone.

Héritier d'une gauche familiale, pieusement perpétuée depuis l'affaire Dreyfus, il militait contre la mondialisation au sein d'une commission de l'Union européenne.

Il rentrait à Paris trois fois par semaine. Sur le clavier du Power Book G4, son portable Sony MZ25 posé devant lui sur la tablette du Thalys, il pourfendait des deux index les cyniques multinationales qui mazoutaient nos plages bretonnes et nous infectaient de leur maïs transgénique.

Entre deux dîners officiels ou réunions de travail prolongées, ils parvenaient parfois à passer une soirée en tête à tête. Ils allaient grignoter un porc aux champignons noirs ou un canard aux pousses de bambou chez le Chinois du coin de la rue Rambuteau. Ensuite, si, fait rarissime, ils n'avaient pas de dossiers en retard, elle se plongeait dans la lecture du *Monde* ou du *New York Times*, lui dans celle du *Wall Street Journal*. Quelquefois, ils prenaient le temps de faire l'amour, mais, auparavant, ils jetaient chacun un coup d'œil furtif au petit réveil posé sur la table de chevet, afin de s'assurer que leur moment d'égarement n'empiète pas sur le repos indispensable à de jeunes cadres de la nation qui doivent être frais et dispos dès les premières heures de la matinée.

Un jour, Emile Zola lui avait demandé ce qu'on enseigne à l'ENA. Elle avait mis quelques minutes à chercher, puis elle avait répondu que l'essentiel de la formation des énarques, c'est d'apprendre à lire *Le Monde*, et de pouvoir parler des heures durant d'un sujet avec passion, mais en ne livrant surtout aucune opinion personnelle !

Elle lui avait raconté l'anecdote, connue dans les milieux politiques, de cet énarque brillant issu d'une famille fort riche qui n'avait trouvé dans les partis de droite aucun poste susceptible de satisfaire ses ambitions. Il était alors allé voir « de l'autre côté », et il était entré en socialisme uniquement parce qu'on lui offrait une place prometteuse. Il avait depuis fait carrière en devenant un des plus brillants ministres de la Ve République !

Emile Zola était stupéfait de découvrir cet univers étrange. Il lui paraissait fou de suivre une école pour devenir un serviteur de l'Etat.

Mathilde l'avait corrigée :

– On n'apprend pas à être un serviteur de l'Etat, mais à servir l'Etat. Nuance capitale pour tout énarque.

Emile Zola n'avait pas cherché à pénétrer plus avant dans ce dédale qui lui paraissait plus inextricable que sa forêt primaire. Il s'était borné à s'étonner qu'il existe des écoles pour apprendre aux gens à diriger leurs congénères alors qu'en Afrique seule l'expérience était prise en compte.

Il avait expliqué à Mathilde la sélection du Chef par les deux plis dans le cou, ce qui avait ravi la jeune ministre. Elle lui avait confié en souriant qu'il serait opportun d'inclure cette coutume dans la Constitution de la Vᵉ République...

Ce matin-là, en prenant pied sur la terre ferme, après leur habituelle traversée du marigot, ils eurent la surprise de découvrir Jojo assis par terre qui les attendait, sourire aux lèvres. Emile Zola resta en arrière, visiblement embarrassé d'avoir été surpris nu avec sa ministre. Jojo le rassura en se levant pour lui serrer la main. Il s'enquit aimablement de leur santé puis il tendit à Mathilde le pagne qu'elle avait laissé sur la berge. C'était le boubou aux soleils multicolores que lui avait offert Fanny. Elle haussa les épaules devant cette prévenance. Machinalement, elle enroula le tissu autour de son corps.

– Je fais cela pour vous, lança-t-elle avec humeur. La nudité ne m'a jamais gênée.

– Je sais, poursuivit Jojo aimable, vous avez passé toutes vos vacances d'enfant à l'île du Levant. Le Président souhaite vous voir.

Elle eut une réaction irritée :

– C'est une convocation ?

– Une invitation, corrigea Jojo. Cela fait plus d'un mois que nous sommes ici. Le Président veut simplement reprendre contact avec chacun des membres de notre petit groupe.

Mathilde lui jeta un coup d'œil ironique.

– Un entretien de routine, en somme...

– Si vous voulez, répondit Jojo. D'habitude, il pratique plutôt ce genre de consultation avec les membres de sa famille politique, mais il n'en a plus guère sous la main...

D'un sourire, Mathilde salua sa franchise.

– Je suppose que la bienséance veut que j'aille me changer ?

Jojo promena un regard approbateur sur les formes de la jeune femme dessinées par le tissu mouillé.

Je suis sûr que le Président sera ravi de vous recevoir dans cette tenue.

Il se tourna vers Emile Zola :

– Excusez-nous. Ce ne sera pas long.

Volontairement provocatrice devant Jojo, elle s'approcha de son amant, colla ses lèvres aux siennes.

– A tout à l'heure, mon amour.

En se levant, le journaliste donna une tape amicale à Emile Zola, un peu gêné de cette manifestation.

– Vous avez bien de la chance, mon vieux.

Ils se mirent en route. Mathilde était intriguée par ce rendez-vous inattendu.

– Alors, persifla-t-elle, vous voilà devenu chef du protocole ?

Jojo rigola en silence.

– Oh non !... Je n'ai mis les pieds qu'une fois dans la politique et j'en suis reparti en courant.

Elle le regarda avec curiosité.

– Et qu'est-ce que vous faisiez ?

Il eut une grimace.

– J'ai travaillé trois mois dans un cabinet de conseil en marketing...

– Ça consistait en quoi ?

– A apprendre aux élus de gauche à s'habiller chez Lanvin et aux élus conservateurs à ôter leur cravate !

Elle éclata de rire.

– Vous êtes plutôt rigolo, pour un vieux réac !

Il lui glissa un regard amusé.

– Voilà un compliment qui me va droit au cœur, venant d'une tiers-mondiste assidue.

Cette allusion à sa liaison avec Emile Zola fit pincer les lèvres de Mathilde.

Ils reprirent leur marche en silence au milieu des

fûts immenses. Ils ne marchaient pas vite car, bien que le soleil soit encore bas dans le ciel, ses rayons obliques commençaient à embraser la forêt, et ils étaient déjà ruisselants de sueur lorsqu'ils arrivèrent dans la clairière des Grands Blancs, comme on l'appelait au village.

Chacun sous leur toit de palmes, Web et Toledano les regardèrent passer d'un œil morne en mastiquant leur banane du matin. Seul, Reverchon les gratifia d'un sourire. Les trois hommes limitaient désormais leurs échanges au strict nécessaire.

Depuis le pénible incident du dîner officiel, Web était tenu à l'écart par ses compatriotes, qu'il considérait d'ailleurs avec un mépris souverain.

Ulcéré par la mise au point du Président, Reverchon s'était muré dans un silence de martyr et ne trouvait le bien-être que dans la compagnie du gracieux Jean-Baptiste qu'il rejoignait chaque fin de journée lorsque l'ancien ministre allait assister au spectacle émouvant des garçons du village à l'heure du bain. D'ailleurs, aucun membre du groupe ne tenait à être vu en compagnie d'African Queen dont la pédophilie tropicale était devenue par trop notoire...

Quant à Toledano, son caractère arrogant et son label de ministre de la gauche excluaient tout contact avec les deux autres et, depuis la soirée du pangolin, il n'avait plus adressé la parole à sa collègue Mathilde.

Bien que tout les séparât, les trois hommes étaient contraints à la promiscuité, car aucun d'eux n'osait s'aventurer au-delà des limites de la clairière pour installer son couchage dans la forêt inconnue et peuplée, dès la tombée de la nuit, de toute une faune sonore et invisible. Ils se relayaient pour entretenir un feu supposé maintenir à l'écart les animaux sauvages, mais surtout destiné à les rassurer.

Mathilde et Jojo s'arrêtèrent devant le mur de palmes qui isolait les appartements du Président. Elle laissa échapper un sifflement.

– Il aura fallu que j'attende d'être en pleine brousse pour avoir l'honneur d'être admise au Château !

L'hôtesse fit glisser la fragile cloison qui tenait lieu de porte à l'enclos. La civette lovée à ses pieds, le Président était absorbé dans la lecture de *Newsweek*. A leur arrivée, il le posa sur la pile de journaux récupérés dans l'avion.

– Je n'aurais jamais imaginé à quel point le fait de relire des magazines du mois dernier relativise l'importance des événements...

Il promena un regard admiratif sur la jeune femme dont le corps était sculpté par le pagne mouillé.

– Vous êtes ravissante, madame la ministre.

Du coin de l'œil, Jojo vit passer une ombre sur le visage de l'hôtesse.

– Je vous remercie, monsieur le Président, répliqua froidement Mathilde. Que me vaut le privilège de cette invitation ?

Jojo réprima un sourire devant la joute qui s'annonçait dans ce palais de palmes...

– Ne voyez là qu'une intention purement amicale, lui répondit le Président lui aussi visiblement amusé par la raideur du ton de cette jeune femme à demi nue.

Du geste, il l'invita à prendre place sur le fauteuil d'avion où elle s'assit du bout des fesses, tirant son boubou sur ses genoux.

– Qu'est-ce qui vous ferait plaisir ? lui demanda le Président. Souhaitez-vous une tasse de café, ou préférez-vous du thé ?

Mathilde écarquilla les yeux à cette mirifique proposition.

– Vous avez du thé ?

Le Président lui désigna l'hôtesse.

– Grâce à notre amie, qui a mis la main sur les réserves de l'avion.

Il adressa un regard ironique à Mathilde.

– Je suppose que vous allez demander ma mise en examen pour détournement de café et de thé publics à des fins personnelles ?

– Je n'ai pas de juge sous la main, répondit Mathilde sur le même ton. Et depuis un mois, je rêve d'une tasse de thé...

L'hôtesse jeta un coup d'œil à la casserole posée sur le feu.

– Il ne reste pas assez d'eau pour nous quatre, remarqua-t-elle avec une grimace.

Elle prit un broc d'étain offert par le Chef et souleva la cloison.

– J'en ai pour dix minutes.

Mathilde la regarda sortir.

– Où va-t-elle ?

Les deux hommes échangèrent un regard étonné.

– Je pense qu'elle va jusqu'au marigot, répondit Jojo.

Mathilde les considéra d'un air outré.

– Et ça ne vous gêne pas ?

– Je ne vois pas ce qu'il y a de monstrueux dans le fait d'aller chercher de l'eau pour le thé, dit le Président.

– Vous trouvez normal, lança-t-elle, indignée, de laisser cette pauvre femme faire plus d'un kilomètre sous un soleil écrasant pour vous préparer une tasse de thé ?

Elle toisa les deux hommes.

– Excusez-moi, monsieur le Président, mais vous êtes vraiment deux vieux machos !

Le Président murmura, attendri :

– Vous avez exactement les réactions qu'aurait eues votre mère à votre âge.

Elle le toisa.

– Ah oui, c'est vrai que maman a été votre collaboratrice autrefois. Elle n'en parle jamais. Peut-être qu'elle n'est pas très fière de ce souvenir... Vous avez été son amant ?

Le Président accusa le coup.

– Je vous en prie, rétorqua-t-il sévèrement. Le fait de se trouver au milieu de la forêt vierge n'autorise pas l'insolence.

Mathilde haussa les épaules.

– De toute manière, si ça avait été le cas, elle n'aurait jamais osé me l'avouer... Trop peur que je me foute d'elle. Remarquez, vous étiez peut-être moins de droite, à l'époque !

L'œil brillant, les seins pointant sous le pagne encore humide, tout en elle exprimait la bravade.

– Explique donc à cette ardente militante, demanda doucement le Président à Jojo, la signification de ton prénom.

Interloquée, Mathilde les regarda à tour de rôle.

– Jojo ?... Je suppose que c'est le diminutif de Georges.

– Vous n'y êtes pas du tout, répondit Jojo, c'est le diminutif de Jaurès.

L'œil de Mathilde s'arrondit.

– Vous vous appelez Jaurès ?... Jaurès de Sainte-Croix ?

Jojo acquiesça :

– Mon père adorait la provocation. Il m'a raconté qu'il n'avait jamais autant ri que le jour où il a envoyé le faire-part de ma naissance à sa famille maurrassienne !

Le visage de Mathilde s'était radouci.

– Et qu'en disait votre maman danseuse, la fille du rabbin roumain ?

Jojo inclina la tête.

– Ça l'amusait autant que lui. Logique. Ils s'étaient connus pendant la guerre d'Espagne. Mon père était lieutenant dans les Brigades internationales et elle, infirmière. Vous voyez, conclut-il avec un sourire, que je n'ai pas la filiation typique du vieux réac, comme vous dites !

Mathilde marqua un silence, troublée par cette révélation.

– Et comment vous êtes-vous connus, tous les deux ?

Les deux hommes échangèrent un regard amusé.

– Ça aussi va vous étonner, répondit le Président. On s'est rencontrés en vendant *L'Humanité* à la même sortie de métro, dans le XVIe, je le reconnais...

Mathilde semblait perturbée par ces confidences qui remettaient en question bien de ses idées reçues.

– Et comment se fait-il...

Le Président termina à sa place :

– Que je n'ai pas suivi une carrière d'homme politique de gauche ?

Il eut un geste vague.

– Qui n'est pas révolutionnaire à vingt ans n'a pas de cœur, qui est révolutionnaire à cinquante ans n'a pas de tête...

Elle apprécia d'un gracieux mouvement de tête.

– C'est cynique, mais pas entièrement faux. C'est de vous ?

– Non, hélas, répondit le Président. C'est d'Oscar Wilde ou de Bernard Shaw, je ne sais plus. En tout cas, c'est d'un Irlandais, des gens qui s'y connaissent en révolutions !

Après cet intermède, la jeune femme reprit son ton protocolaire :

– Je suppose, monsieur le Président, que ce n'est pas pour me citer Oscar Wilde que vous m'avez fait venir ?

– En effet. Je vais vous poser une question qui risque de vous paraître saugrenue : quelle est la nature de vos sentiments envers ce garçon...

Le Président marqua un temps d'hésitation avant de prononcer le prénom de l'amant de Mathilde.

– Le jeune Emile Zola.

Mathilde se cabra. Son œil redevint combatif.

– J'ignorais que le courrier du cœur figurait dans les attributions d'un Président de la République !

Le Président poussa un soupir las.

– Je vous en prie, ne me compliquez pas la tâche. Ce n'est pas en tant que Président que je vous pose cette question, c'est à la requête d'une maman.

Cette précision ne calma pas Mathilde.

– Ah, je vois, railla-t-elle, et elle ne pourrait pas m'en parler directement, au lieu d'utiliser votre intermédiaire ?... Encore des relents de la culture machiste où la femme cherche refuge auprès du mâle. Le mâle dont seule l'autorité est crédible !

Le Président et Jojo échangèrent un regard accablé. Mathilde s'était levée, superbe et agressive dans son boubou provocant. Elle se posta devant le Président, mains sur les hanches.

– Je vais vous répondre, monsieur le Président d'agence matrimoniale. Vous pouvez dire à votre mandante que je suis parfaitement heureuse auprès de son fils. Nous faisons l'amour divinement et je n'ai jamais rencontré un homme auprès de qui je me sente aussi bien !... D'autres questions ?

La cloison de palmes glissa. C'était l'hôtesse qui rentrait fort opportunément de sa corvée d'eau. Elle avait le visage luisant de sueur.

Sans remarquer l'atmosphère pesante qui régnait

dans l'endroit, elle inclina son broc pour verser de l'eau dans la théière, s'accroupit auprès du foyer, souffla pour ranimer les braises.

– J'espère que je ne vous ai pas fait trop attendre. Je suis en nage !

Les deux hommes observaient Mathilde qui suivait d'un œil réprobateur cet inconvenant spécimen de femelle soumise, attentive à disposer les tasses sur le plateau d'argent bosselé, comme si elle se trouvait dans la cabine d'un Airbus.

– Pourvu que le lait n'ait pas tourné, dit-elle soucieuse.. Avec cette chaleur...

Inconsciente de la pesanteur du silence, elle leva la tête.

– Excusez-moi, dit-elle piteuse, je n'ai que du sucre en poudre.

Mathilde rétorqua sèchement :

– Pas de sucre pour moi !

Les deux hommes ne purent retenir un éclat de rire.

19

L'allègre carillon du coucou Windsor tinta quatre fois, faisant sursauter le Président, puis le silence retomba dans le logement de Fanny. A présent, on n'entendait plus que le grincement régulier du fauteuil à bascule et le flop-flop de l'éventail.

La maman d'Emile Zola réfléchissait.

Assis à côté de la poupée d'ornement au sourire niais, le Président attendait que Fanny se manifeste.

Sans l'interrompre une seule fois, elle avait écouté la relation de son entrevue avec Mathilde. Simplement, elle ne put retenir une furtive expression de fierté lorsque le Président lui rapportât que la secrétaire d'Etat ne s'était jamais sentie aussi bien auprès d'un homme...

– Et tu es sûr, quand ta ministre a parlé de la sincérité de ses sentiments envers mon garçon, que ce n'était pas pour faire plaisir à son Président ?

A cette idée, le Président éclata de rire.

– Ce n'est pas le style de Mathilde Duprée ! On ne peut pas dire que l'hypocrisie soit le trait dominant de son caractère... Elle est même d'une franchise que je qualifierais de brutale.

Enfin le sourire de Fanny apparut. Toute trace de méfiance avait disparu de son visage.

– Je suis rassurée. Tu diras à ta ministre qu'elle peut venir me voir. Je l'accueillerai comme si elle était ma fille.

Le Président poussa un soupir de soulagement. Il avait déjà éprouvé un sentiment de satisfaction analogue lorsqu'il avait réussi, au prix d'habiles négociations, à faire asseoir autour d'une même table des représentants de pays au bord de l'embrasement.

Fanny regardait le Président. Son expression avait changé. La mère inquiète était devenue une femme qui fait feu de toute sa séduction.

– Je te remercie de ta démarche, mon Président. Tu veux un petit porto ?

Le Président releva la tête. Son œil était brillant. Les fossettes firent leur apparition.

– Un petit porto ? Eh bien, pourquoi pas... Ça me changera du vin de palme.

Elle se leva et alla ouvrir la porte du buffet où étaient enfermés les trésors de son bon vieux temps.

Lorsqu'elle revint, portant le plateau sur lequel elle avait disposé un napperon de dentelle, deux verres et la bouteille, elle trouva le Président absorbé dans la contemplation des photos glissées dans le cadre du grand miroir.

– Des amis à vous ? s'enquit-il.

Elle jeta un regard distrait sur l'assortiment d'hommes en uniforme.

– Disons plutôt des relations, corrigea-t-elle. Assieds-toi, mon Président.

Il reprit place auprès de la poupée blonde. Fanny versa délicatement le porto dans des verres ornés d'arabesques bleues et dorées.

– Ils viennent de Bizerte, commenta-t-elle en tendant un verre au Président. Autrefois, j'avais tout le service. Il ne m'en reste que trois. Buvons à l'avenir de mon petit.

Ils trinquèrent et savourèrent en silence leur gorgée

de porto. Le Président poussa un soupir d'aise en reposant délicatement son verre rescapé.

– A mon tour, j'aimerais vous demander une faveur.

Fanny se raidit.

– Ça fait vingt-cinq ans que je n'exerce plus !

Le Président rougit.

– Ne vous méprenez pas, balbutia-t-il. Je voulais juste parler de votre radio.

Le visage de Fanny s'illumina.

– Tu veux entendre des tangos ?

– Non, les nouvelles.

– Pas question, trancha-t-elle. Sur ma radio, on n'écoute que des tangos.

Devant l'expression désappointée du Président, elle se radoucit.

– J'ai bien mieux que la radio pour connaître les nouvelles !

Sous l'œil intrigué du Président, elle ouvrit le coffret de coquillages et en tira un jeu de cartes fatigué.

– Tu vois, dit-elle, attendrie, cela fait près de trente ans que je ne les ai pas sorties de leur boîte.

Elle étala le jeu sur le guéridon,

– Mes vieilles compagnes... Elles en ont annoncé, des naissances, des rentrées d'argent, des lettres d'hommes de loi, des jalousies d'un rival, des succès en amour...

Elle eut un sourire.

– De grands voyages aussi, mais pour les marins, ce n'est jamais vraiment une surprise.

Le Président suivait le mouvement rapide des mains de Fanny qui mélangeaient les cartes.

– Et vous disiez toujours la vérité ?

– Il y a des choses que je préférais garder pour moi, répondit-elle. Des trahisons, des morts, des adultères, des accidents, des maladies... C'est fragile, un matelot loin de sa maison, de sa maman. C'est comme un enfant. Il faut le préserver.

Elle reposa le jeu.

– Coupe.

Le Président s'exécuta.

Il regardait d'un œil attentif Fanny prendre les cartes trois par trois et les disposer devant elle. Il avait toujours éprouvé une certaine appréhension envers la cartomancie, la chiromancie et autres astrologies. Il savait que différents Présidents de la République avaient eu recours à des voyantes avant de prendre une décision capitale. L'un avait même son astrologue personnel qui était appointé sur les fonds secrets de l'Elysée, comme les agents des services parallèles...

Lorsqu'il était étudiant, une petite amie qui nourrissait des projets matrimoniaux à son endroit, avait voulu, à toute force, le traîner chez sa voyante. La tireuse de cartes avait prédit qu'il allait rencontrer le grand amour et que sa vie allait en être bouleversée, ce qui avait fait rougir de bonheur sa maîtresse. Ensuite, après avoir retourné une autre carte, la voyante lui avait annoncé qu'il s'agissait d'une femme brune, ce qui avait fait blêmir la jeune femme dont la chevelure était d'un blond platine.

La semaine suivante, quelle ne fut pas sa surprise en découvrant qu'elle s'était fait teindre les cheveux en noir de jais... Du coup, il rompit sur-le-champ avec cette trop crédule adepte de la cartomancie. Ce fut sa seule incursion dans l'univers ténébreux de sciences occultes.

– C'est bien, tu es sorti tout de suite, commenta Fanny en désignant le roi de trèfle.

Elle battit à nouveau les cartes, en sortit trois, poussa une exclamation.

– Eh bien, mon Président !

Elle lui désigna une dame de cœur, un as de pique et une dame de trèfle qu'elle venait de retourner.

– Je savais que tu étais un coquin, mais à ce point-là... Toi, tu es adoré par les femmes !

Le Président s'efforça de conserver une mine modeste.

– Ça doit vous faire un drôle d'effet, remarqua-t-il, de tirer les cartes à un Président de la République...

Sans arrêter de battre les cartes restantes, elle lui répondit :

– Ce n'est pas la première fois...

Le Président la scruta, incrédule.

– Vous avez déjà tiré les cartes à un Président de la République ?

– Bien sûr, lui dit calmement Fanny. J'ai souvent tiré les cartes à Bibi.

– Bibi ?

– Le Président Jean-Baptiste Foulay Bofon.

Le Président poussa un soupir.

– Ah, celui-là... Quel caractère de cochon !

Elle eut un sourire attendri.

– Ne crois pas ça, mon Président. C'est la crème des hommes.

Le Président fit la grimace.

– Au dernier sommet de l'OUA, il m'a contré ouvertement et a exigé le retrait immédiat du détachement français.

– Parce que tu n'as pas su le prendre, tempéra Fanny. Bibi, c'est un tendre. Si tu sais lui parler, tu en fais ce que tu veux...

Le Président haussa les épaules, agacé à l'évocation de ce souvenir peu flatteur.

– Trop tard !... Et puis, je m'en fous. Qu'est-ce qu'elles disent, mes cartes ?

Fanny étala trois autres cartes. Elle fronça les

sourcils en retournant un sept de cœur, puis un valet de carreau. Elle battit à nouveau sans répondre à l'interrogation du Président, puis elle retourna un huit de trèfle et un as de trèfle. Elle leva les yeux sur son vis-à-vis. Son visage était grave.

– Pourquoi ne m'as-tu pas dit, lui demanda-t-elle sévèrement, que Mathilde est ta fille ?

Le Président blêmit.

– Qu'est-ce que vous racontez... C'est absurde !

L'œil noir de Fanny scrutait le Président.

– Les cartes ne se trompent jamais. Tu n'as pas été l'amant de sa mère ?

– C'était il y a bien longtemps, murmura le Président.

Il avait rencontré Anne, la mère de Mathilde, au cours d'une réunion électorale dans le Midi. Elle l'avait interviewé pour le compte d'un journal varois dans lequel elle effectuait un stage. Cette jeune femme passionnée et pugnace l'avait conquis. A l'issue du déjeuner qui suivit l'interview, il lui avait proposé d'être sa collaboratrice. Elle lui avait adressé un sourire en coin.

– Si je ne portais pas une minijupe, avait-elle répondu, vous m'auriez fait cette proposition ?

Il avait rougi. C'est vrai qu'il avait toujours été sensible aux jolies jambes et que, durant leur entretien, son regard s'était égaré à plusieurs reprises sur les longues jambes bronzées de la jeune femme.

Ils avaient ri. Elle avait accepté.

Elle était l'opposé d'Adélaïde qu'il avait épousée cinq ans avant sa rencontre avec Anne. Autant son épouse était effacée, formée par son éducation à la modestie et à la réserve, autant Anne était extravertie, prompte à la polémique, contestatrice jusqu'à la provocation. Combien de fois, devenue sa collaboratrice, lui avait-elle tenu tête sur des points sensibles comme l'éducation, la justice, l'immigration... Des confrontations qui s'étaient souvent conclues par des claquements de porte.

Insensiblement, leur collaboration avait glissé vers des rapports passionnels. Pour la première fois de sa vie, le Président était amoureux. Il était fasciné par cette femme qui mettait la même ferveur dans leurs moments d'intimité que lors de leurs affrontements politiques.

Leur liaison avait duré deux ans.

Et, un matin, tandis qu'il prenait son petit déjeuner à sept heures trente comme tous les jours en consultant les journaux sur la terrasse de La Mandraude – cadeau de mariage de sa belle-famille – il avait entendu la voix de son épouse :

– Pierre, je vais partir.

Sans interrompre sa lecture, il avait demandé :

– Vous allez faire un tour à cheval ?

– Non. Je vais partir définitivement.

Il avait baissé le journal. Adélaïde avait parlé de sa voix calme et posée, sa voix de jeune fille bien élevée. Elle le regardait de son grand œil bleu, sans qu'aucune trace d'émotion paraisse sur son visage.

– C'est elle ou moi. Je vous laisse vingt-quatre heures pour prendre une décision.

Elle avait tourné les talons et quitté la pièce.

Lorsqu'il pénétra dans son bureau, ses quatre plus proches collaborateurs l'attendaient. Parmi eux, Anne, installée devant l'ordinateur, était en train de taper l'ordre du jour de son prochain voyage électoral. Il lui avait effleuré la joue du baiser habituel avant de prendre place à la table de conférence.

Il s'efforçait de masquer son trouble sous les

questions de routine à propos de son déplacement en Gironde. Un moment, il avait répondu complètement à côté d'une question que lui posait son chargé de campagne. Ça ne lui arrivait jamais. Anne avait jeté un bref regard dans sa direction, puis avait repris son travail.

Les points de détail réglés, le trio était parti. Il s'était retrouvé seul avec Anne. Il appréhendait ce moment dont, pourtant, il avait préparé l'argumentation durant tout le trajet en voiture. Comme il s'apprêtait à parler, elle avait pivoté sa chaise pour se tenir face à lui.

– Je dois m'en aller, Pierre. Il faut que je retourne à Toulon. Mon père ne va pas bien.

Jamais auparavant elle n'avait parlé des problèmes de santé de son père. Elle répondit à la question qu'il n'avait pas posée :

– Il y a un certain temps que je voulais t'en parler.

Ils avaient fait l'amour une dernière fois. Sans échanger un mot. Il avait les joues trempées. Il n'avait jamais su si c'étaient les larmes d'Anne ou les siennes.

Et puis la vie avait repris son cours à La Mandraude. Un an plus tard, naissaient les jumeaux Nicolas et Edouard.

Pas une seule fois Adélaïde n'avait fait allusion à cet accroc dans leur couple.

Il n'avait plus jamais eu de nouvelles d'Anne. Un jour, il apprit par un de ses proches collaborateurs qu'elle avait donné naissance à une fille. Ça lui avait provoqué un intense pincement au cœur et ravivé un cortège de souvenirs qu'il avait bien enfouis au plus profond de sa mémoire. Curieusement, il ne s'était jamais posé aucune question sur le père de l'enfant. Anne était pour lui une solitaire, une femme indépendante qui avait choisi un géniteur convenable pour faire son bébé.

Il ne lui était pas venu à l'esprit que ça puisse être lui...

– Recouvre cette carte, dit Fanny.

Il posa une carte sur le sept de cœur.

– Recouvre aussi celle-là.

Il posa une carte sur le valet de carreau. Fanny retourna un as de carreau et un dix de pique.

– C'est une nouvelle que tu viens d'apprendre, commenta-t-elle. Donc, tu ne le savais pas ?

– Oh non, murmura le Président. Je ne l'avais même jamais imaginé.

Et pourtant, connaissant le caractère d'Anne, il aurait dû y penser, car cette attitude lui ressemblait. Elle avait agi comme un animal blessé qui se terre. Fière, orgueilleuse, elle avait élevé seule l'enfant de l'homme qu'elle avait aimé.

– Et la petite non plus ne sait pas que tu es son père ?

Il fit non de la tête. Une boule se formait au fond de sa gorge.

– Excuse-moi de te parler comme ça, mon Président, mais vous les Blancs, vous agissez vraiment comme des sauvages !

Il acquiesça :

– Vous pouvez dire : comme des cons !

Fanny prit le menton du Président et lui releva la tête.

– Mais tu pleures, mon petit Président-papa...

Tendrement, elle posa sa grande main sur celle du Président.

– Allez, on va fêter la naissance de ton bébé-ministre...

Elle prit la bouteille de porto et emplit leurs verres.

– A la santé de nos deux petits qui se sont retrouvés au fond de la brousse !

Au moment précis où ils choquaient leurs verres aux enluminures bizertines, le coucou Windsor se mit à carillonner joyeusement.

– Ecoute, sourit Fanny, ce sont déjà les cloches du mariage !

Rêveuse, elle se laissa aller en arrière dans son fauteuil à bascule.

– Tu te rends compte que je suis la future belle-mère de la fille du Président de la France !... Tu crois que j'aurai droit à une escorte de douze motos ?

Le Président se dérida.

– Peut-être pas douze, mais quatre.

D'un geste ample, elle signifia qu'elle s'en accommoderait.

– Et au fond de la voiture officielle, sourit-elle, tu imagines la tête des Parisiens en découvrant une vieille négresse !

– D'abord, vous n'êtes pas vieille, et puis, ils ont l'habitude, les Parisiens. Nous avons beaucoup de visites de chefs d'Etat africain...

Il la contemplait, songeur, en faisant tourner son verre entre ses paumes.

– Vous savez, Fanny, dit-il gravement, que vous auriez fait une Présidente épatante !

Elle arrêta net le balancement de son fauteuil. Elle scruta le Président pour s'assurer qu'il ne se moquait pas d'elle.

– Moi, Fanny Bangala, la première dame de France ! murmura-t-elle.

Dans son œil, luisait à présent une lueur amusée.

– C'est une demande en mariage, mon Président ? Tu sais que, chez nous, on a droit à plusieurs épouses.

Il sourit, séduit par cette idée insolite.

– Non, Fanny. Je ne peux pas.

Le visage de Fanny se rembrunit.

– Je comprends, dit-elle. Tu ne veux pas chagriner la grande femme blonde. Même au fond de la brousse, tu arrives à faire des embrouilles avec les femmes !

Elle lui jeta un coup d'œil en biais.

– De toute manière, elle sera malheureuse, la grande femme blonde, quand tu rentreras en France...

Il garda un temps de silence, puis répondit :

– J'ai de moins en moins envie de rentrer en France.

Le rire sonore de Fanny explosa. Dans un grand geste d'allégresse, elle frappa des deux mains les genoux du Président.

– Ça me plaît !... Je savais que tu étais fait pour vivre chez nous. Un séducteur comme toi aurait trois, quatre femmes. Elles t'achèteraient au marché du gingembre et de la kola pour que tu puisses les contenter convenablement. Tu serais un Chef respecté et envié.

Le Président avait écouté attentivement ce tableau alléchant de sa vie africaine. Il eut une moue.

– Trois ou quatre femmes, dit-il, c'est tentant... Ce qui me gêne un peu, c'est le côté officiel.

Fanny le scruta tandis qu'il jouait avec une des boules de verre, saupoudrant de neige le Mont-Saint-Michel.

– Toi, tu es un homme d'ombre et de lumière... Tu aurais fait un bon sorcier.

Le visage du Président s'illumina.

– Ça, j'aurais aimé !

Dans le regard de Fanny, il y avait une tendresse nouvelle. Elle releva la manche gauche du Président pour consulter sa montre.

– Mon petit Président, dit-elle gravement, je vais te faire une proposition que je n'ai jamais faite à personne.

Surpris, le Président arrêta de manipuler sa boule de verre.

– Dans deux heures, poursuivit Fanny, mon satellite-tango va passer au-dessus de nous. Tu veux l'écouter avec moi ?

Elle le mit en garde de l'index.

– Attention, pas pour entendre des nouvelles, uniquement des tangos !

– Voyez-vous, Fanny, répondit le Président ému, il s'est passé beaucoup de choses depuis que j'ai franchi votre rideau de perles. Dorénavant, je me fous des nouvelles. En revanche, j'adore le tango...

Dans la clairière des Grands Blancs, allongée sur le lit présidentiel, l'hôtesse écoutait monter les voix de la brousse.

– L'orchestre s'accorde, disait le Président lorsque la nuit s'emplissait de cette rumeur devenue familière.

Elle avait les yeux grands ouverts. Au-dessus d'elle, les étoiles s'allumaient une à une.

Seule dans le palais de palmes, la grande femme blonde pleurait.

Dans l'unique case éclairée au milieu du village endormi, le Président et Fanny dansaient le tango.

20

Cela devint une tradition : à chaque passage du satellite-tango au-dessus du village, le Président rejoignait Fanny dans son logement. Trois fois par semaine l'hôtesse s'était donc résignée à s'endormir seule, sans poser de questions à son amant-Président.

Elle ne posait jamais aucune question. C'était dans sa nature...

Les Blancs avaient pris leurs habitudes, au village. C'était surtout vers le soir qu'on les rencontrait. Comme les autres habitants de la forêt, hommes et animaux, ils ne sortaient qu'à la fraîche.

A l'heure où Jojo partageait l'apéro avec le Chef et Dieudonné dans la case fétiche, on était sûr de croiser le long de la piste Mathilde, main dans la main, avec Emile Zola. Sous l'œil résigné de l'hippopotame, ils s'installaient sous l'arbre qui bordait la plage pour assister à leur spectacle quotidien : le coucher du soleil sur le marigot.

Le gros Reverchon, lui, passait le plus clair de son temps auprès de Jean-Baptiste, dont la maman, Marie-Madeleine, veuve solitaire et possessive, accueillait avec empressement dans sa case ce grand Blanc qui exerçait assurément une influence salutaire sur son garçon, car non seulement il était poli, mais il avait de la religion.

Et puis, il y avait les deux irréductibles : Weber-l'avion et Toledano-le-gorille. Ces deux hommes, que tout séparait, s'associaient pour ressasser leur rancœur et leur aversion envers les occupants de la brousse, Blancs et Noirs confondus...

Mi Buenos Aires querido,
Quando yo te vuelva a ver...

Chacun d'un côté de la lampe à l'abat-jour en perles, le Président et Fanny écoutaient s'étirer le bandonéon de tous les cafards et de toutes les nostalgies.

La fumée des cigarettes à bout doré nimbait de volutes odorantes les oiseaux du paravent – le Président s'était remis à fumer à l'occasion de ces tête-à-tête exceptionnels – et s'étirait en harmonieuses torsades tandis que la mélancolie des tangos gagnait la nuit tropicale.

Le Président révéla à Fanny que, lors d'un voyage officiel à Buenos Aires, il avait tenu à visiter le tombeau de Carlos Gardel. Entre les doigts de la statue du roi du tango, brûlait en permanence une cigarette que les fidèles venaient pieusement renouveler, comme on entretient la flamme du Soldat inconnu.

Fanny eut les larmes aux yeux.

Sur le mur de cartes postales, elle désigna au Président les lupanars portuaires où elle avait exercé son activité.

Quelquefois le Président avait visité les mêmes villes, mais entre une double escorte de motocyclistes. A travers les vitres teintées de la voiture officielle, il ne distinguait qu'un alignement de badauds à l'enthousiasme de commande qui agitaient de petits drapeaux français. Ce qui l'avait le plus amusé, lors de ses tournées africaines, avait-il confié à Fanny, c'était d'apercevoir le long du parcours des femmes qui portaient des vêtements à son effigie.

Sans un mot, Fanny se leva et, sous l'œil surpris de son invité, disparut derrière le paravent. Lorsqu'elle revint dans la pièce, elle était vêtue d'un pagne arborant le visage du Président qui épousait le galbe de son opulente poitrine.

– Tu vois, mon Président, fit-elle dans un sourire, je te porte sur mon cœur !... Je l'ai conservé depuis ta visite à Abidjan... On avait toutes eu droit à une demi-journée de repos pour venir te voir passer.

Le Président insista pour qu'elle lui relate des anecdotes de son bon vieux temps. Elle ne se fit pas prier.

Elle se souvenait d'un jour, à Bizerte, où les marins d'une corvette italienne avaient écrasé des tomates sur leurs bonnets pour tourner en dérision les pompons rouges des matelots français de l'*Emile-Bertin*. Cette provocation avait donné le signal d'une gigantesque bagarre où tout le quartier avait été mis à sac. Cela avait pris fin avec l'arrivée des patrouilles maritimes qui fonçaient au milieu des combattants en abattant leurs matraques indifféremment sur l'occiput des pugilistes des deux camps. Ensuite les marins inconscients étaient balancés comme des ballots dans les Jeep avant de se réveiller la bouche pâteuse et le crâne douloureux dans les prisons de leurs bateaux respectifs.

Sur la photo de groupe, Fanny avait présenté au Président les compagnes de son bon vieux temps : Maguy, Conception, Annick et Maryvonne, Salima et Madame Yolande que les filles appelaient Maman. Escortée de ses pensionnaires comme lors de la partie de campagne de la maison Tellier, Maman Yolande avait suivi avec son équipe de gagneuses la route amère de la décolonisation : Bizerte, Tanger, Casa, Dakar, Abidjan, puis Douala...

De temps en temps, après une nuit particulièrement câline entre les bras d'un négociant syrien ou d'un garagiste maltais, l'une d'elles restait sur place, appelée à égayer le morne quotidien d'un partenaire épuisé et ravi d'avoir déniché une compagne venue d'Europe. Madame Yolande lui donnait le pécule amassé au fil de ses années de bourlingue en peignoir rose, les filles pleuraient dans leur champagne espagnol puis, d'un double claquement de mains, Maman mettait fin à la fête :

– Allons, mesdemoiselles, au salon. Ne faisons pas attendre ces messieurs !

Finalement, après avoir tenu des affaires des deux côtés de la Méditerranée, Madame Yolande avait suivi la côte Atlantique pour finalement poser son vieux sac de crocodile usé jusqu'à la trame, qui sentait encore le Mitzouko (à l'époque, on savait faire des parfums qui tiennent...) sur le bar de formica vert pâle de ce boxon de Douala qu'elle avait aussitôt baptisé le Bentley's. Toutes ses « maisons » s'étaient appelées le Bentley's. Il y avait eu le Bentley's de Marseille, de Casa, de Bizerte. Ça faisait plus classe que le Sphinx ou l'Eldorado, avait-elle coutume de souligner.

Le Président s'était étonné :

– Comment se fait-il, qu'après toutes ces années de commerce florissant elle a été contrainte de s'installer dans un aussi piètre établissement ?

– On voit que tu n'as pas connu Maman Yolande, lui avait répondu Fanny, l'œil attendri. C'était une commerçante, mais plus rien n'existait lorsqu'elle pensait avoir rencontré le grand amour !

Elle avait révélé au Président, curieux de ce monde inconnu, que Yolande, cette tenancière de maison close qui, toute sa vie, avait fait commerce de l'amour vénal, était restée, à cinquante ans passés, une incorrigible sentimentale. De temps à autre, elle se prenait de passion pour un étranger – quelquefois un client – et décidait qu'elle avait trouvé l'homme de sa vie !... Malheur alors à la fille qui l'approchait de trop près, ou même lui adressait la parole. Durant ces périodes-là, Madame Yolande se lançait dans des afféteries adolescentes, passait des heures chez le coiffeur, achetait des toilettes à la mode et attendait, le cœur en chamade, l'heure de ses rendez-vous avec le nouvel élu.

Hélas, cela se terminait toujours de la même manière, c'est-à-dire mal... Le marin reprenait son bateau, l'homme marié retrouvait son épouse et le forestier retournait en brousse. Le souvenir de leur brève idylle avec Madame Yolande devenait une anecdote de bar ponctuée de rires sonores et de viriles tapes dans le dos.

La romantique tenancière vivait alors un véritable drame. Le visage ravagé par les larmes, elle ne quittait plus sa chambre et les filles, entre deux prestations, se relayaient pour la consoler. Pour tenter d'oublier sa déconvenue, elle se réfugiait dans le jeu. Dans tous les ports il y a un casino, et Madame Yolande enfouissait les gains de ces derniers mois au fond du grand sac de crocodile pour les convertir en plaques ou en jetons. Assise à la table de roulette, elle passait la nuit entière à guetter la course capricieuse de la boule d'ivoire dans le cylindre de bois, ou bien, son gobelet de carton à la main, elle s'étourdissait dans le cliquetis des machines à sous. Lorsqu'elle rentrait, au petit matin, le sac était vide, les tarifs augmentaient et les filles savaient qu'il ne fallait plus jamais évoquer le chagrin d'amour de Madame Yolande...

Deux fois par an, une femme étrange et volubile débarquait d'un paquebot et venait passer une semaine avec les pensionnaires du Bentley's. C'était Youra, la seule amie de Yolande. Pianiste de renommée internationale, son immense talent n'avait d'égal que son solide appétit sexuel. Entre deux tournées de concerts, elle visitait sa vieille amie et faisait pleurer les marins en jouant du Brahms et du Chopin sur le vieux piano du bordel que Yolande avait fait accorder pour elle.

A ce souvenir, le regard de Fanny s'embuait.

– Elle avait une tête de grenouille, Youra, mais dès qu'elle était devant un piano, elle devenait la plus belle !

En fin de nuit, elle montait avec un marin saoul. Jamais son amant d'un soir n'aurait pu imaginer que la femme en train de gémir sous ses coups de boutoir en parcourant à coups de langue les tatouages de son torse et de ses biceps, était une des plus grandes concertistes du monde.

Un beau jour, rassasiée, elle disparaissait comme elle était venue, et elle retournait devant son Steinway, la tête pleine d'étoiles...

Des étoiles qui, maintenant, ont envahi le ciel de la brousse.

Dans la nuit bleu marine, clignote une luciole. Fidèle au rendez-vous, le satellite-tango est venu se poster au-dessus du logement de Fanny Bangala.

Le menton haut, le torse droit, Fanny et le Président dansent au rythme langoureux d'*Adios muchachos*...

21

A la fin de la saison sèche, les événements se sont précipités.

Un matin, un des jeunes a réveillé le village de ses clameurs. Encore bouleversé, il nous a annoncé que la pirogue avait disparu.

Nous avons couru au marigot. Comme les autres, je pensais que la pirogue n'avait pas été remontée suffisamment sur la rive par les garçons qui pêchaient à l'épervier, et qu'elle avait dérivée toute seule.

Lorsqu'on a découvert les traces de pas sur la rive, nous avons dû nous rendre à l'évidence : des hommes l'avaient portée jusqu'à l'eau et s'étaient enfuis à son bord.

Tu dois savoir que, chez nous, c'est très grave de voler une pirogue. Surtout quand on n'en possède qu'une seule.

Mais, ce jour-là, il était dit que nous n'étions pas au bout des mauvaises surprises.

Entourée d'un cercle de femmes volubiles, Marie-Madeleine poussait des hurlements de désespoir. Au travers des hoquets de sanglots, elle nous a annoncé que son fils chéri, Jean-Baptiste, était parti de la case familiale. Un garçon qui n'avait jamais découché de sa vie !

Au beau milieu de cette agitation, Jojo est arrivé de la clairière des Grands Blancs et nous a appris que le gros Reverchon, Toledano-le-gorille et Weber-l'avion avaient disparu !

La conclusion était évidente : ils avaient tous pris la fuite dans la pirogue.

Comme un charognard qui se nourrit des mauvaises nouvelles, Makoto a réapparu. Il fallait voir comme il triomphait, ce gredin !

Tout de suite, il a tiré profit de la situation. Juché sur un bidon, il s'est mis à haranguer les gens de la tribu qui vinrent faire cercle autour de lui.

– Je vous avais prévenus qu'en accueillant les Français on attirerait les mauvais Esprits. Ces Blancs ont apporté le malheur chez nous, clamait-il. Ils s'attaquent à nos biens en volant notre pirogue. Ils viennent corrompre notre jeunesse en forçant un de nos jeunes gens à être leur complice. Bientôt, ils nous voleront nos femmes et nous chasseront de nos cases. Ils doivent quitter le village !

Je m'approchai de Jojo qui assistait à cette brusque flambée d'hostilité.

– Sale temps pour les Blancs, murmura-t-il. Il ne semble pas nous porter dans son cœur !

Je haussai les épaules, gêné que mon copain assiste à cette démonstration de racisme.

– C'est un malfaisant. Il déteste tout le monde !

Marie-Ange, la petite jumelle amoureuse, vint glisser sa main dans celle de Jojo-les-cheveux-blancs qui répondit à cette manifestation d'affection en lui déposant un baiser sur le front.

A présent, du haut de son prétoire improvisé, Makoto s'en prenait violemment au Chef.

– J'ai comme l'impression qu'on peut dire adieu à notre apéro de ce soir, dit Jojo avec une grimace.

Il ne se trompait pas, mon copain.

A l'heure de notre réunion traditionnelle dans le bar de la case fétiche, je me retrouvai assis sur la terre battue, dans la case de palabre parmi les sages de la tribu réunis pour une réunion d'urgence du conseil.

Le Chef avait le visage fermé. Makoto était épanoui. Le vieil Honoré a secoué la tête.

– Quand même, voler la pirogue. Jamais je n'aurais pensé qu'ils puissent faire une chose pareille.

Un crachat a fusé de sa bouche édentée.

– Et en plus, ils ont emmené le fils de Marie-Madeleine, a renchéri Raphaël.

– A mon avis, c'est encore plus grave que le vol de la pirogue, a murmuré Pascal.

– Ils n'iront pas très loin, a dit le Chef. Jean-Baptiste n'a aucune expérience de la navigation en dehors du marigot.

Raphaël a opiné.

– Ils vont chavirer dans les courants et se faire bouffer par les crocodiles avant d'avoir atteint le fleuve.

Makoto a ricané :

– Tant mieux, c'est tout ce qu'ils méritent.

Il s'est tourné vers moi, agressif.

– Alors, Dieudonné, a-t-il ricané, tu continues à les défendre, tes Blancs chéris ?

Je me suis contenté de hausser les épaules sans répondre. J'ai croisé le regard du Chef. Il avait l'air aussi abattu que moi. Nous pensions tous les deux à nos jolis moments dans la case fétiche, quand Jojo-les-cheveux-blancs nous racontait ses aventures et s'extasiait sur nos coutumes, à l'heure aimable de nos apéros qui se prolongeaient tard dans la nuit. Nos apéros qui n'auraient plus jamais lieu...

Au début du conseil, Makoto, avec le soutien d'Honoré et la bienveillante neutralité de Raphaël, avait voulu qu'on emmène les Blancs dans la brousse avec quelques boules de manioc et une calebasse d'eau. Cela équivalait à les condamner à une mort certaine. On était revenus à la situation envisagée un mois plus tôt...

Le Chef et moi on s'y est opposés. Mollement, Pascal nous a suivis. Nous avons réussi à rallier Honoré à notre camp en lui remémorant son passé glorieux de combattant au service de la France. Il ne pouvait tout de même pas laisser mourir le Président du pays qu'il avait défendu au péril de sa vie.

Cela nous a fait quatre voix contre deux.

Makoto a bien tenté de reprendre le même plaidoyer que lors de la chute de l'avion : l'invasion des journalistes, la fin de notre tranquillité, l'accusation pour non-assistance à Président en danger.

Je lui ai opposé que, depuis l'accident, il y avait eu de nouvelles élections en France et, présentement, tout le monde se fichait du Président qui, d'ailleurs, n'était plus président. J'ai fait état de mon amitié avec Jojo qui était le meilleur copain du Président. Ils se mettraient d'accord pour ne pas parler de notre village. Ils raconteraient qu'ils s'étaient perdus en brousse, un point c'est tout. Et puis, pour vendre leurs mémoires à des éditeurs, c'était beaucoup plus valorisant pour eux d'avoir survécu plusieurs semaines seuls au milieu des bêtes sauvages que d'avoir été maternés par tout un village attentif à leurs moindres désirs...

Après des heures de palabre véhémente, on a décidé que j'escorterais les Blancs jusqu'à la case de passage de Mathieu Cocolabé qui tenait, avec un vieux Suisse que l'on appelait le Caïfa des lagunes, un relais de brousse à une journée de marche de chez nous, au bord de la route droite qui mène à la mer. Là, les camions des forestiers venaient se ravitailler en essence et se restaurer avant de repartir avec leur chargement de billes d'iroko, d'okoumé et de sipo jusqu'aux cargos de Douala.

Dans mon for intérieur, je pensais que c'était la deuxième fois en moins de trois mois que je contribuais à sauver la vie du Président de la France...

On a dû batailler ferme pour que Mathilde ne soit pas obligée de faire partie du convoi. Pour balayer les dernières réticences de Makoto qui voulait ne plus voir un seul Blanc dans le village, je lui ai sournoisement signalé que si la jeune femme était obligée de partir avec les autres, nous aurions à subir la colère de la maman d'Emile Zola qui se considérait comme la belle-mère de la ministre.

Angoissé à l'idée de braver Fanny, Makoto a haussé les épaules. Il a grommelé que, si Mathilde le souhaitait, elle pouvait rester auprès de son fiancé.

Tristement, le Chef a couché la canne de palabre, mettant fin au plus pénible conseil de tribu auquel nous avions participé.

J'ai couru chez Fanny pour lui annoncer la décision des sages.

Quand j'ai franchi le rideau de perles, j'ai eu le sentiment de me trouver face à une réunion de famille. Dans le divan de la poupée blonde, étaient assis Mathilde et Emile Zola, face au grand fauteuil à bascule de Fanny qui portait le turban orange et bleu des grands jours.

Bien sûr, ils étaient au courant du vol de la pirogue et de la fuite des Blancs en compagnie de Jean-

Baptiste. Pendant que je leur relatais la triste réunion des sages, j'ai dû plusieurs fois me racler la gorge. Pas facile d'être le messager de ce genre de sales nouvelles. Surtout devant Fanny, mon copain et sa petite ministre qui m'écoutaient en silence...

Simplement, au moment où je citais la condamnation unanime des fugitifs, Fanny a laissé échapper :

– Quand je pense que ces crétins ont tout gâché avec leur vol stupide...

Mathilde a renchéri :

– Ce sont des imbéciles irresponsables, et qui, en plus, ont entraîné un gamin dans leur folie.

D'un mouvement d'éventail agacé, Fanny a clos le dossier des fugitifs.

– Paix à leur âme !... Et qu'a décidé le conseil au sujet de Mathilde ?

Pour la première fois de la soirée, j'ai pu annoncer une bonne nouvelle.

– Elle a le choix. Elle peut partir avec les Blancs ou rester au village.

Emile Zola et sa mère se sont tournés vers elle. Mathilde a posé sa main sur celle de son amant.

– Je reste, a-t-elle répondu sans hésiter.

Aussitôt, elle s'est reprise :

– Si vous voulez de moi, bien entendu.

L'expression inquiète d'Emile Zola a laissé place à un grand sourire. Sa main a serré très fort celle de Mathilde. Dans le regard sombre de Fanny, j'ai vu briller une lueur qui ressemblait à une larme. Ses yeux sont allés du visage radieux d'Emile Zola au visage ému de Mathilde. D'un geste tendre, elle a posé ses grandes mains sur les genoux de la jeune femme.

– Ma petite fille, lui a-t-elle dit gravement, à partir maintenant tu sais que tu as une maman de brousse !

Elle s'est tournée vers moi. Elle avait retrouvé son sourire soleil.

– Cette nuit, le Président vient me visiter pour écouter mon satellite. Je le mettrai au courant de tout. Va, Dieudonné, notre ami le plus fidèle, et que les esprits te gardent.

En quittant la case, je croisai le regard affectueux d'Emile Zola. J'étais sûr que, comme moi, il pensait à tout ce qui s'était passé depuis qu'on avait aperçu pour la première fois sa petite ministre toute nue au bord du marigot.

Je sentais à nouveau les sanglots qui montaient. Mais cette fois-ci, c'étaient des larmes de bonheur. J'étais heureux pour mon copain et heureux pour Fanny.

Fanny, que les femmes évitaient à cause de son bâtard aux yeux verts, venait de fiancer son fils avec une ministre.

Fanny, toujours tenue à l'écart par les gens du village qui ne lui pardonnaient pas son passé de bamba des ports, recevait trois fois par semaine dans son logement le Président de la France pour écouter des tangos.

Je me sentais joyeux d'avoir un peu contribué à la belle revanche de Fanny Bangala !

Toute la nuit, je n'arrêtai pas de retourner dans ma tête les événements qui venaient de se dérouler en moins de vingt-quatre heures... Dans deux jours, j'escorterais mon copain Jojo, son Président et la grande femme blonde sur la route de l'exil. Je repensais à Sainte-Hélène et à Napoléon. Qu'est-ce qu'il aurait dit de moi, l'historien qui faisait les cases dans les livres d'histoire des écoliers de France ?... Que j'avais trahi les Blancs, comme Judas qui avait vendu le petit Jésus aux Romains, ou comme le maréchal Pétain qui avait fait copain avec les Allemands ?

Je ne pouvais pas savoir que le vent du malheur n'avait pas fini de souffler sur notre coin de brousse et que d'autres événements tragiques allaient frapper nos grands Blancs déjà bien éprouvés...

Le lendemain matin, je ne me sentais pas très fier au moment d'annoncer à Jojo la décision du conseil. C'est lui qui m'a adressé un sourire amical, comme s'il voulait me consoler.

– Ne fais pas cette tête-là. Je viens de prendre mon petit déjeuner avec le Président. Fanny l'avait mis au courant de notre expulsion.

Décidément, il était dit que mon copain viendrait toujours à mon secours dans les moments difficiles. J'acquiesçai tristement.

– Le Chef et moi n'avons rien pu faire. Les sages n'ont pas pardonné le vol de la pirogue. Et tu as vu à quel point Makoto était remonté contre les fuyards...

– Il a raison, a commenté Jojo, le visage fermé. Ce sont des connards. Ils ne supportaient pas d'être privé de leurs repères. Weber ne pouvait plus vivre sans ses cours de la Bourse. Toledano ressassait son aigreur d'enfant du peuple en proie à un complot des grands bourgeois cyniques, quant à Reverchon il avait envie d'assumer son homosexualité, enfin révélée, sans témoins gênants. Le petit Jean-Baptiste, qui avait toujours vécu auprès d'une mère étouffante, s'était trouvé un papa, blanc et ancien ministre de surcroît, un peu incestueux peut-être, mais qui plaisait à sa maman !

Il a haussé les épaules.

– Une belle équipe de débiles !... En France aussi, ils auraient été condamnés.

– Ah bon, j'ai fait, étonné, c'est sévèrement puni, en France, le vol de pirogues ?

– Très sévèrement, a répondu Jojo dans un sourire. Mathilde sera donc la seule à rester au village...

J'acquiesçai.

– Elle n'a pas hésité. Je crois qu'elle a le gros béguin pour Emile Zola. Tu devrais voir comme il est heureux.

– Il a de la chance, ton copain. Il a trouvé une femme de qualité.

Il a eu une expression songeuse.

– Singulier destin... Comme quoi l'ENA mène à tout !

– L'ENA, c'est l'école des ministres ?

Il a confirmé.

– Et au sujet de notre exil, qu'a décidé le conseil ?

– C'est moi qui vais vous escorter chez Mathieu Cocolabé. Tu verras, c'est un homme très respectable. Un sage. Il habite un relais pour les routiers avec un vieux Blanc. Il te plaira. Il est un peu fou.

Jojo a eu un geste fataliste.

– Alors, s'il est un peu fou, on ne peut que s'entendre... C'est très loin d'ici ?

– Une grande journée de marche.

Jojo m'a regardé, les yeux écarquillés.

– Tu veux dire qu'à une journée de marche du village, il y a un relais au bord d'une route ?

Penaud, j'ai fait oui de la tête.

– Un relais avec une radio ?...

A nouveau, j'ai acquiescé.

– Et pourquoi personne n'en a jamais parlé ?

J'ai répondu en regardant mes pieds :

– On avait peur que cela nous attire des emmerdements.

Devant la mine stupéfaite de mon copain, je n'ai pu mentir davantage. Je lui ai tout avoué : notre forêt classée site protégé par le Patrimoine de la faune et de la flore, le Canadien de l'écologie qui venait chaque mois nous livrer les sacs de riz de la World Wild Fund of Nature... Et puis, soudain, le gros potin qui avait secoué la brousse et divisé le conseil de la tribu. Je lui ai raconté notre grande palabre suivie de l'intervention de Fanny, qui s'était conclue par la décision de garder nos Blancs pour nous seuls, sans en parler à personne. On était tellement heureux dans notre petite bulle de gentils sauvages choyés comme des animaux en voie de disparition que l'on n'avait aucune envie de voir débarquer des gens du gouvernement et des journalistes qui allaient nous poser une quantité de questions et nous gâter la vie.

Je lui ai révélé le tam-tam à satellite piétiné par Tobias et bouffé par les crocodiles, les bananes et les noix de coco qu'on allait leur accrocher tous les jours aux basses branches des arbres...

Je n'avais jamais vu quelqu'un rigoler autant que Jojo. Il en pleurait.

– Ah, ça, c'est superbe !... En somme, vous nous avez fait le coup de l'aide au tiers monde à l'envers !

J'ai corrigé car je ne voulais pas qu'il se vexe :

– Disons que ça nous plaisait bien d'avoir nos Blancs à protéger... Depuis le temps qu'on était pris en main par les caritatifs, on avait envie, nous aussi, de s'offrir un peu de bonnes œuvres. Tu sais, il n'y a pas tellement de distractions, en brousse...

Il a fini d'essuyer ses larmes de rire.

– Si nous allions passer notre dernière journée de pêche au bord du marigot, tu es d'accord ?

J'ai fait oui de la tête. J'avais la gorge serrée à l'idée du départ de mon copain. Je savais que lui aussi était triste de devoir abandonner notre petite vie bien organisée, mais il était comme ça, Jojo. Il plaisantait même quand il était malheureux. Un jour, il m'avait dit une phrase que lui répétait sa maman quand il avait un chagrin d'enfant : « Il faut toujours avoir l'air de sortir du bal ! »

Même vieux, il continuait d'appliquer le conseil de sa maman, la danseuse roumaine. J'aurais aimé l'imiter, mon copain aux cheveux blancs. Mais, ce jour-là, le pauvre sourire que j'essayais de m'accrocher au visage ressemblait davantage à une grimace qu'à une expression de fête.

Assis l'un à côté de l'autre sur la rive, on regardait les fils de nos lignes tremper dans l'eau rouge. Mais on se fichait bien des poissons, et les plus gros capitaines du monde auraient pu venir se pendre à nos hameçons, on les aurait laissé filer.

– Jojo, il faut que je te dise une chose grave, lui ai-je confié. J'ai promis au conseil que vous ne parleriez à personne de notre village, quand vous serez rentrés en France.

Il m'a rassuré :

– Ne t'inquiète pas. Le nom de N'Dangiok restera enfoui à jamais dans nos mémoires, comme un beau souvenir secret.

Il a souri.

– Je te donne ma parole que personne ne viendra troubler votre tranquillité après le départ des Blancs de l'avion...

Il a gardé un silence. Je sentais que mon copain avait besoin de s'emplir la tête de toutes nos images pour les ranger dans son album de souvenirs.

– La France, a-t-il murmuré, ça me semble à présent si étranger et si vain...

A quelques mètres de nous, affleuraient l'antenne et les oreilles pointues d'Hugo. Il nous fixait de son gros œil rond, comme s'il comprenait que, pour la dernière fois de sa vie d'hippo-émetteur, il voyait un Blanc pêcher au bord de son marigot...

Jojo a ajusté son appareil sans pellicule et il a photographié tout ce qui était autour de lui : l'aigle pêcheur qui planait, Hugo qui bâillait, les femmes qui lavaient le linge en jacassant, et moi qui faisais la gueule.

C'est juste après le coucher du soleil qu'est survenu le drame.

On a vu arriver la grande femme blonde. Elle, toujours si impeccable, avait les cheveux dans les yeux et était tout en sueur.

– Je suis inquiète, a-t-elle annoncé à Jojo d'une voix essoufflée. Le Président a disparu. J'espérais le trouver auprès de vous !

– Vous êtes sûre qu'il n'est pas retourné chez Fanny ? lui a demandé Jojo.

– Non, il n'y a pas de satellite le mercredi. Il est allé faire sa promenade, comme tous les soirs au coucher du soleil pendant que je préparais le dîner, et il n'est pas revenu. Ça ne lui arrive jamais.

On s'est regardés. Je sentais monter l'inquiétude.

Jojo s'est levé.

– Allez, viens Dieudonné, on va essayer de le retrouver.

On s'est enfoncés dans la forêt en nous guidant aux rayons de lune qui filtraient entre les grands arbres.

En marchant, Jojo appelait :

– Pierre ! Pierre, tu nous entends ?

Ça me faisait drôle d'entendre appeler le Président de la France par son prénom.

Sur le tapis de feuilles sombre, j'ai vu briller

un objet. Je me suis penché. C'était la partie métallique d'une canne de golf. Anxieux, j'ai appelé Jojo pour lui montrer ma trouvaille. Son visage s'est assombri.

– C'est sa canne.

On a entendu des gémissements qui venaient d'un coin sombre. C'était la civette, couchée près d'un morceau de tissu. Jojo s'est penché pour le ramasser. La grande femme blonde a porté la main à sa bouche pour étouffer un cri. Jojo est devenu tout pâle. Moi, je me suis figé sur place. Tous les trois, nous avions reconnu dans ce vêtement déchiré, maculé de taches de sang, un morceau de la veste du Président.

J'ai couru au village. Immédiatement, le Chef a organisé une battue. Torche en main, tous les hommes, ont quadrillé la forêt autour de la clairière des Grands Blancs. On a retrouvé une chaussure, puis des traces de sang au sol. C'est tout.

C'est tout ce qui restait du Président de la France.

D'après les vieux chasseurs, les raisons de sa disparition étaient évidentes : depuis le départ des fugitifs, le feu ne brillait plus dans le camp des Blancs de l'avion. Dans la nuit retrouvée, Lulu le léopard s'était approché et avait bondi sur le Président qu'il avait égorgé avant de le traîner dans son repaire pour le partager avec sa famille.

Malgré les harangues haineuses de Makoto qui tentait d'exploiter la mort du Président en clamant que c'était là un châtiment des Esprits du mal, le village était en deuil.

Tout le monde l'aimait, ce grand Chef, car il n'était pas fier, il s'intéressait à la santé de chacun et savait toujours trouver un mot gentil accompagné d'un sourire.

Dès le lendemain de la disparition du Président, le Chef a tenu à lui organiser des funérailles dignes d'un homme de son rang.

Les tam-tams funèbres battaient sourdement. Les femmes poussaient les cris de désespoir en frappant dans leurs mains. Le visage blanchi de cendre, les hommes psalmodiaient les prières des morts. Comme on n'avait pas retrouvé le corps du Président, on a placé sur le bûcher ses objets personnels : la canne de golf, la chaussure, les lambeaux de veste.

Le Chef a prononcé son discours sans se tromper une seule fois :

– Cet homme qui vient de nous quitter était le premier citoyen de la France dont notre pays était une colonie avant de devenir son ami. Les anciens transmettront aux enfants qui transmettront à leurs enfants le récit du passage parmi nous de ce grand Chef bienveillant et courtois, afin que son souvenir reste toujours présent dans la mémoire de tous les habitants de N'Dangiok. Notre ami Président, que les Esprits veillent sur toi et t'accompagnent tout au long de ton voyage jusqu'au pays des ancêtres.

Il a approché une torche du bûcher qui s'est enflammé en crépitant.

En tant qu'ancien combattant, Honoré, coiffé de sa vieille chéchia, portait le drapeau français confectionné par les femmes du village.

Au premier rang, au côté de la grande femme blonde, le visage ravagé par les larmes, se tenait Fanny, immobile et grave dans son boubou de fête.

Jojo s'est penché vers moi.

– Tu as vu, m'a t-il dit à voix basse, comme elles sont dignes, les dernières veuves du Président...

Je me suis tourné vers lui, étonné qu'il puisse

plaisanter sur les funérailles de son meilleur ami, mais j'ai compris que, sous son sourire, il cachait l'émotion.

– Sacré Pierre, a-t-il murmuré, attendri. Même au fond de la brousse, il sera resté un séducteur jusqu'à son dernier souffle !

Près de nous, se tenaient Mathilde et Emile Zola, la main dans la main. Pour la cérémonie, la jeune femme s'était délibérément africanisée. Elle était vêtue d'un boubou et ses cheveux étaient nattés en petites tresses comme les filles de chez nous. Fanny lui a pris le bras pour la faire venir près d'elle, au premier rang. Devant l'expression intriguée de Mathilde, elle lui a murmuré :

– Il t'aimait beaucoup, tu sais.

Mathilde regardait se tordre les flammes qui s'élevaient très haut dans le ciel.

– Finalement, répondit-elle, moi aussi je commençais à l'apprécier. C'était un curieux personnage. Plutôt sympa et attirant, pour un vieux facho...

Fanny fronça le sourcil.

– Qu'est-ce que c'est qu'un facho ?

Mathilde lui répondit avec une grimace :

– C'est comme ça que les gens de gauche désignent quelqu'un qui n'est pas de leur avis...

Jojo, qui s'était approché, avait entendu la réponse de Mathilde.

– Ça, apprécia-t-il, c'est tout à fait le genre de définition qu'il aurait pu avoir !

Frappée par l'émotion contenue dans la voix du journaliste, Mathilde lui jeta un coup d'œil aigu. Déjà Jojo s'était repris et lui adressait un signe complice de la main.

Après la cérémonie, le Chef s'est approché de Jojo et moi pour nous donner discrètement rendez-vous à l'heure de l'apéro.

Le soir, on s'est tous les trois retrouvés sous le manguier, comme autrefois.

Comme d'habitude, on s'est installés derrière notre bar-fétiche, chacun sur son tabouret tam-tam. Nous étions trop émus pour discuter.

En levant son gobelet, Jojo a répété gravement les mots qui m'avaient déjà frappé dans la bouche du Président :

– Buvons à la santé des amis qui n'auront jamais notre âge.

22

Dès le lendemain, l'hôtesse, Jojo et Dieudonné se mirent en route pour la case-relais de Mathieu Cocolabé et du Caïfa. Après des adieux rapides à Fanny et au jeune couple domino, le trio avait quitté le village dès le lever du jour. Jojo avait insisté pour ce départ discret. Il ne souhaitait pas affronter la crise de larmes de Marie-Ange, la petite jumelle amoureuse qui aurait sûrement insisté pour accompagner son fiancé aux cheveux blancs sur la route de l'exil.

Le Chef avait tenu à faire un bout de chemin avec eux. Au moment de la séparation, il a ôté son collier fétiche et l'a passé autour du cou de Jojo.

Longtemps, sa silhouette immobile est restée au bord de la piste, puis elle s'est fondue dans la brume...

C'était le début de la petite saison des pluies. De brèves rafales leur cinglaient le dos, puis s'interrompaient aussi brusquement qu'elles avaient commencé. Des nuages de vapeur montaient de la terre rouge qui séchait, jusqu'à ce qu'une autre giclée de pluie fasse à nouveau crépiter les feuilles.

En tête du trio, Dieudonné dégageait la piste à grands coups de machette. Jojo le suivait et l'hôtesse fermait la marche. Depuis le départ du village, elle était restée silencieuse. Délavés par les larmes, ses yeux reflétaient le ciel gris.

Un grondement grave retentit et se prolongea dans

la forêt, angoissant comme la plainte d'une corne de brume.

Jojo et l'hôtesse s'étaient figés. Dieudonné eut un sourire ému.

– C'est Monsieur Tobias. Nous quittons son territoire. Il nous souhaite bon voyage.

Ils reprirent leur marche.

Vers onze heures, la pluie se mit à tomber en abondance. Les vêtements collés au corps, ils devaient baisser la tête pour avancer au milieu de la bourrasque. Ils se réfugièrent à l'abri d'un arbre et en profitèrent pour se restaurer.

– Je rends hommage à tes talents de pisteur, dit Jojo. Je me serais perdu au moins dix fois !

Dieudonné apprécia le compliment en mastiquant sa boule de manioc.

– La piste, tu l'apprends quand tu es tout petit !... La dernière fois que je suis passé ici, c'était pour une palabre à douze cannes chez Mathieu Cocolabé. C'est en revenant que l'on a entendu ton avion tomber.

Jojo dut forcer l'hôtesse, toujours murée dans son chagrin, à ingurgiter quelques bouchées de manioc.

La pluie s'était calmée. Ils se remirent en route.

Ils arrivèrent à la case-relais peu avant le coucher du soleil. C'était un bâtiment rectangulaire en terre rouge, recouvert d'un toit de tôle, au bord d'une route de latérite qui s'enfonçait dans la forêt. Les pales d'une éolienne paresseuse grinçaient au ralenti.

En voyant le mât qui s'élevait au-dessus du toit, l'hôtesse sortit pour la première fois de son mutisme.

– Mais c'est une antenne de radio ! s'exclama-t-elle.

Jojo et Dieudonné échangèrent un rapide coup d'œil.

Un homme s'avançait à leur rencontre, un colosse chauve, à la chemise largement ouverte sur un poitrail velu. Il vint donner l'accolade à Dieudonné.

– Alors, vieux pirate !... Tu nous amènes enfin des Blancs !

Il tendit sa forte paume à l'hôtesse.

– On m'appelle le Caïfa des lagunes. Natif du canton de Vaud et citoyen d'Afrique. Bienvenue à bord.

– Françoise Mercier, répondit-elle.

Jojo se dit que c'était la première fois qu'il entendait le nom de l'hôtesse. Il se présenta à son tour.

– Sainte-Croix... répéta le Caïfa. J'ai connu un Sainte-Croix. Il était missionnaire au Tchad.

– Un lointain cousin, répondit Jojo.

Le Caïfa apprécia de la tête.

– C'est toujours rassurant d'avoir un saint homme dans une famille. Ça permet les écarts ! Je suppose que vous êtes les seuls rescapés du crash présidentiel ?

L'hôtesse écarquilla les yeux.

– Vous étiez au courant ?

Le Caïfa éclata d'un rire énorme.

– Comment aurait-on pu ne pas être au courant ?... Vous êtes des stars, chère madame ! Chaque bulletin d'information parlait de vous. On a eu droit à la visite de tout un défilé d'officiels venus de Paris pour superviser les recherches, de pilotes d'hélicos qui venaient faire le plein, d'une cohorte d'enquêteurs en tout genre ! C'était un peu devenu leur camp de base, ici... C'est la première fois depuis bien longtemps que je voyais défiler autant de monde dans notre relais.

Il eut une grimace.

– Il faut dire que, maintenant, avec la Transafricaine, il ne passe plus que quelques vieux habitués.

Cavalièrement, il prit le bras de l'hôtesse et se tourna vers Jojo et Dieudonné.

– Allez, venez boire le whisky de bienvenue. Je vous dois bien ça, avec tout le pognon que vous m'avez fait gagner !

Il se dirigea vers le relais

– Mathieu, viens donc ! cria-t-il. On a de la visite. Et du beau monde.

Un homme parut sur le seuil de la maison, un Africain d'une soixantaine d'années, à la silhouette élégante, aux lunettes cerclées d'or. Le Caïfa le désigna d'un geste théâtral.

– Je vous présente Mathieu Cocolabé, l'homme le plus érudit d'Afrique depuis la mort de Senghor !

– Ne l'écoutez pas, dit le nouvel arrivant. Pour cette brute inculte, le seul fait de savoir épeler son nom équivaut à une agrégation de grammaire...

Il s'inclina devant l'hôtesse.

– Mes respects, chère madame. Je vous souhaite la bienvenue dans notre relais du bout du monde.

A l'énoncé du nom de Jojo, il marqua un temps.

– J'ai le sentiment que nous nous sommes déjà rencontrés.

Jojo eut un sourire.

– Vous devez faire allusion à mon cousin Thibaut qui me semble assez populaire dans la région.

– Non, je ne pense pas. Venez donc vous désaltérer. Vous devez en avoir besoin après votre randonnée.

A sa suite, ils traversèrent la maison pour se retrouver sur la terrasse qui surplombait la brousse.

Devant eux, striée par la route écarlate comme par une balafre, s'étalait la forêt immense qui se perdait dans la brume. A l'horizon, au-dessus des nuages de pluie, s'élevaient des montagnes bleues que caressaient les derniers rayons du soleil.

– *Enjoy the view. It's free*, lança Mathieu Cocolabé en posant des verres devant eux. C'était la phrase d'accueil de mon ami l'avocat David Weingard, quand on venait lui rendre visite dans ses bureaux au 77e étage du World Trade Center. Paix à son âme !

Tout heureux d'avoir des visiteurs, les deux hommes s'affairaient autour de leurs invités. L'un servait le whisky et le soda, l'autre apportait un seau à glace. Exténués par leur expédition, l'hôtesse et Jojo assistaient à ces manifestations d'un luxe oublié.

Jojo fit tinter les glaçons contre la paroi de son verre. Il poussa un soupir d'aise.

– Voilà une musique que je n'avais pas entendue depuis bien longtemps...

Le Caïfa et Mathieu levèrent leur verre.

– Bienvenue au Kilomètre 822. C'est le nom de notre relais.

– Pourquoi Kilomètre 822 ? demanda Jojo.

Les deux hommes échangèrent un regard d'ignorance.

– Pas la moindre idée, répondit le Caïfa. L'endroit s'appelait déjà comme ça quand on s'y est installés.

Mathieu eut un geste insouciant.

– Le nom a dû être donné par un routier qui avait effectué cette distance. On l'a gardé.

Jojo retrouvait avec bonheur le goût du whisky glacé qui coulait au fond de sa gorge. Il se tourna vers l'hôtesse. Les yeux fermés, le verre frais appuyé à son front, elle tentait d'évacuer l'angoisse des événements de ces dernières vingt-quatre heures.

– Comment se fait-il, demanda Mathieu, que vous ne soyez pas arrivés plus tôt ?

Jojo pointa le menton en direction de Dieudonné qui se tenait à l'écart depuis leur arrivée au relais.

– Demandez donc à ce garçon, lança-t-il, ironique.

Dieudonné baissa la tête, confus de devoir à nouveau rapporter l'attitude frileuse et égoïste des sages de la tribu lors du crash de l'avion présidentiel. Comme il l'avait fait pour Jojo, il raconta comment les membres du conseil avaient pris la décision de garder secrète la présence des rescapés par crainte de voir leur cher lopin de brousse envahi.

Mathieu et le Caïfa eurent la même réaction que Jojo avant eux. Ils se laissèrent gagner par une franche hilarité. De sa grosse patte, le Caïfa asséna une bourrade à Dieudonné.

– Alors, comme ça, s'esclaffa-t-il, pour avoir la paix, vous leur avez fait le coup des gentils sauvages qui accueillent les Blancs perdus dans la brousse hostile !

Mathieu essuyait ses lunettes embuées par les larmes de rire. Il se tourna vers l'hôtesse.

– Est-ce qu'ils vous ont appelée Mam'zelle Scarlett ?

L'hôtesse, qui découvrait les vraies raisons de leur séjour forcé, semblait pétrifiée.

– Il y a longtemps que vous étiez au courant ? demanda-t-elle à Jojo.

Emu par son désarroi, il escamota la vérité.

– Non, répondit-il. Dieudonné me l'a avoué juste avant notre départ.

Il posa une main amicale sur l'épaule de l'hôtesse.

– Allons, ce n'est pas bien méchant. Ils avaient seulement envie de protéger leur tranquillité.

Elle hocha la tête sans répondre. Jojo savait ce qu'elle pensait : sans ce jeu, le Président ne serait pas mort... Le Caïfa resservit une tournée de whisky. Machinalement, elle but une grande gorgée et fut prise d'un frisson. Le Caïfa jaugeait l'hôtesse d'un œil de maquignon.

– Il y a bien des années que je n'avais pas vu une femme blanche dans notre relais !... lâcha-t-il. Vous n'avez pas envie de vous rafraîchir ? Une douche vous ferait plaisir ?

L'hôtesse eut une expression d'émerveillement.

– Une douche ? Ça existe encore...

Le Caïfa sourit.

– Venez, je vais vous faire les honneurs de la maison.

Mathieu les regarda sortir d'un œil amusé. Il bourra méticuleusement une pipe qu'il venait de sortir de sa poche.

– Excusez-moi d'être aussi direct, dit-il à Jojo. Cette femme est-elle votre maîtresse ?

– Non, pourquoi cette question ? demanda Jojo interloqué.

Mathieu ne répondit pas tout de suite, occupé à allumer sa pipe par une série d'aspirations.

– A titre purement informatif, répondit-il, le Caïfa ne peut voir une femme sans lui faire la cour.

Un nuage de fumée s'échappa du fourneau. Mathieu éteignit l'allumette et se tourna vers Jojo.

– Si toutefois, on peut employer ce terme pour désigner la manière plutôt cavalière dont il traite le beau sexe...

– Et ça marche ? demanda Jojo.

– Oui, souvent. Cela m'a étonné au début. Il exerce une fascination quasi animale sur les femmes...

Dieudonné acquiesça :

– C'est vrai. Je l'ai constaté avec des filles de chez nous. Elles l'appellent le singe blanc parce qu'il est très velu.

Mathieu emplit les verres.

– Ne vous formalisez pas. C'est sa nature. Une brute, mais un cœur gros comme ça. Un personnage à la fois de Cendrars et de Jack London. On se doit de l'accepter tel qu'il est...

A nouveau, Dieudonné intervint.

– C'est un brave type, le Caïfa. Avec ces Blancs-là, on s'entend toujours.

Mathieu hocha la tête.

– Nous autres, Africains, gardons une vraie tendresse pour nos vieux colons alcooliques qui ne rentreront jamais en Europe parce qu'ils ont posé leur sac au bord de la piste et que notre pays est devenu le leur. Nous préférons leur amour déglingué aux bons sentiments politiquement corrects des coopérants qui nous considèrent comme leurs bonnes œuvres...

Il eut un sourire en direction de Jojo.

– Mais je n'ai pas l'impression que ce soit votre cas, monsieur de Sainte-Croix.

– Ah ! ça non, s'écria Dieudonné. Jojo, il est plus nègre que nous deux réunis !

Mathieu désigna du doigt les deux grigris qui pendaient autour du cou de Jojo.

– Je vois effectivement là des témoignages précieux de votre intégration.

– Oui, dit Jojo. Je ne les quitterai jamais. Ce sont des cadeaux du Chef.

– Je l'aime bien, dit Mathieu. Dommage que son vin de palme soit imbuvable. Vous l'avez goûté ?

Au souvenir de leurs soirées arrosées au bar de la case fétiche, Jojo et Dieudonné ne purent retenir un sourire. Mathieu capta leur complicité.

– Vous m'avez l'air de former une sacrée paire tous les deux !

Dieudonné acquiesça, réjoui.

– On est des copains domino, comme toi et le Caïfa !

Amusé, Mathieu hocha la tête.

D'un coup, le ciel était devenu mauve et, dans quelques minutes, la nuit serait complètement tombée. Déjà s'accordaient les premiers crapauds-buffles pour la grande symphonie des tropiques.

Mathieu tira pensivement sur sa pipe.

– Et que sont devenus les autres survivants de l'accident ?

Il y eut un nouvel échange de regards entre Jojo et Dieudonné.

– Tu peux tout dire à Mathieu, dit Dieudonné. C'est un sage et un homme de confiance.

Jojo lui révéla alors le sort des différents membres du groupe des rescapés : la fuite du trio en compagnie de Jean-Baptiste à bord de la pirogue volée, le choix de Mathilde qui avait préféré rester entre les bras d'Emile Zola, la mort du Président.

Le regard de Mathieu était songeur derrière les lunettes à fine monture d'or.

– Finir sous la dent du léopard, murmura-t-il. Etrange destinée pour un Président de la Ve République. Je l'avais rencontré lorsqu'il était aux Affaires étrangères. Bien que nous ne soyons pas du même bord, il m'avait fait l'effet d'un homme sincère et passionné.

– Il l'était, confirma Jojo. C'était mon ami.

– Je crois qu'il aimait l'Afrique, bien que je sois un peu réservé sur son musée des Arts premiers...

– Que voulez-vous dire ?

Mathieu eut un mouvement d'épaule.

– C'est l'appellation qui me gêne. Je préfère dire l'art nègre, cher à mon maître Senghor... Cet art nègre qui a influencé les cubistes et les surréalistes, à l'époque où nos masques rituels inspiraient les pinceaux de Modigliani et de Picasso. Pourquoi les Français d'aujourd'hui se sentent-ils bloqués par cette frilosité post-coloniale qui les pousse à occulter le mot nègre ?... Parce qu'il évoque un passé dont ils ont honte ?

Mathieu alluma une lampe à pétrole. Il tourna la molette pour régler la hauteur de la flamme.

– Voyez-vous, monsieur de Sainte-Croix, cela me gêne tout autant que les gens qui utilisaient le terme

Israélite au lieu de juif. J'ai tendance à penser que cela trahit une mauvaise conscience enfouie dans la mémoire collective d'un peuple qui a toujours des comptes à régler avec son passé...

L'irruption de l'hôtesse mit un terme à leur conversation. Elle avait retrouvé son visage lisse. Les cheveux relevés en chignon, elle s'était drapée autour du corps une cotonnade qu'elle avait nouée à la manière d'un paréo.

– C'est la première fois depuis plus d'un mois que je ne me sens pas poisseuse, dit-elle en débarrassant les verres et la bouteille avec la douce autorité qu'elle avait avec ses passagers. En vidant le cendrier de Mathieu, elle lui demanda :

– Où sont les assiettes et les couverts ?

Il lui désigna le buffet à l'autre bout de la terrasse. Retrouvant ses réflexes de boy, Dieudonné se leva pour l'aider. Elle se tourna vers le Caïfa qui arrivait avec un plat fumant.

– Vous n'avez pas une nappe ? Ce serait plus joli.

Suivi par le regard ironique de Mathieu, il alla chercher une pièce de pagne dans le placard. L'hôtesse étendit avec soin la nappe improvisée sur laquelle elle disposa les assiettes, les couverts et les verres sous l'œil attendri des hommes.

– Ça vous a tout de suite un air de fête ! commenta Mathieu. On finit par s'habituer à vivre comme des brutes.

Le Caïfa ne quittait pas l'hôtesse des yeux.

– C'est vrai, approuva-t-il, songeur. C'est magique, la main d'une femme.

Ils s'assirent tous autour de la table.

Tandis que le Caïfa les servait, Mathieu commenta :

– Il sait accommoder tous les produits de la brousse. Vous aurez l'occasion d'apprécier ses spécialités. Crocodile sauce piquante, bouillon de singe, phacochère, vipère, python...

Il rit en contemplant le visage horrifié de l'hôtesse.

– Et ça ? questionna-t-elle, un peu pâle, en désignant la portion de chair nappée de sauce sombre posée dans son assiette.

– Porc-épic aux arachides, annonça le Caïfa.

Mathieu commenta :

– Garanti sans farine animale !

Jojo goûta, eut un claquement de langue.

– Moi, je trouve cela très bon.

Triomphant, Dieudonné, se tourna vers les autres.

– Voyez que c'est un vrai nègre. Il bouffe comme nous !

Le Caïfa engloutit une bouchée de porc-épic qu'il fit suivre d'une gorgée géante de vin. Il se tourna vers Jojo.

– Vous avez dû vous familiariser avec la cuisine locale durant votre séjour... A propos, comment va notre amie Fanny ?

– Egale à elle-même, répondit Jojo, c'est-à-dire épatante.

Le Caïfa poussa un soupir nostalgique.

– Je l'ai bien connue au temps de sa splendeur. On a tous été étonnés qu'elle décide un beau jour de se mettre en retraite pour revenir au village. Elle aurait pu s'établir à son compte. Tout le monde l'appréciait.

Mathieu intervint :

– Peut-être qu'elle n'avait pas envie que son enfant soit élevé sur les divans des lupanars pour marins !

Le Caïfa lui jeta un regard réprobateur.

– Toi, tu es resté très petit-bourgeois, au fond...

Mathieu poussa un soupir de découragement.

– Caïfa, non seulement tu es une brute inculte, mais en plus tu es totalement amoral.

Cette joute avait l'air de fort divertir Jojo.

– Comment, demanda-t-il au Caïfa, vous êtes-vous retrouvé dans ce relais de brousse ?

Le Caïfa leva les yeux au ciel, épuisé d'avance à l'idée de raconter ses tribulations.

– Eh bien, tout a commencé le jour où j'ai dû quitter Lausanne parce que j'avais bouffé un cygne du Léman. Dans la Confédération helvétique, c'est très mal vu.

Il était épanoui à ce souvenir.

– C'était à la suite d'un pari avec Walter Piferini, mon partenaire de billard à l'hôtel Beau Rivage. J'avais gagné une caisse de rhum agricole des moines de la montagne Pelée. Il coulait dans la gorge comme de l'or fondu... Après ça, trois ans de Légion. Mon unité a été envoyée en Côte-d'Ivoire dans le cadre des accords de coopération, comme on disait pudiquement. L'endroit m'a plu. J'ai déserté. Après quelques mois de petits boulots, j'ai échoué du côté de la frontière du Liberia. Je me suis monté un bistro, là-bas. Ça n'était pas plus grand qu'une case de passage. Le New Vieille France, ça s'appelait. J'avais une clientèle de forestiers, des types frustes et chaleureux. J'y ai vécu heureux avec ma petite fiancée qui m'aidait en cuisine.

– Pourquoi vous appelle-t-on le Caïfa des lagunes ? demanda l'hôtesse.

Il eut un geste vague.

– Caïfa, c'est un vieux mot de la Colonie pour désigner un petit chef. Les pêcheurs du coin m'ont appelé comme ça le jour où j'ai plongé pour rechercher un gosse qui avait passé la barre. Il allait se noyer. Ils m'ont tatoué un dessin magique sur la poitrine et j'ai été autorisé à siéger au côté du Chef sous la case de palabre. Ils disaient que j'étais un grand Toubabou, c'est leur truc. On ne peut pas aller contre... Ça s'est gâté lorsque des promoteurs locaux ont décidé de construire une ville dans les environs. Ils voulaient faire de San Pedro le plus grand port de la Côte-d'Ivoire. Des engins ont commencé à défricher la brousse pour construire des gratte-ciel... Des Mercedes croisaient les camions de bois. Des bars ont poussé au milieu de la forêt, des voyous ont amené des filles. En quelques mois, ce village de pêcheurs s'était transformé en ville de western.

Il rigola à ce souvenir.

– A l'époque, il y avait un disque sur lequel tout le monde dansait.

Il se mit à fredonner sur un air de biguine en rythmant du plat de la main sur la table :

San Pedro, c'est le symbole du développement,
Merci Papa Boigny et ton gouvernement...

– Et puis un jour, les promoteurs baoulés m'ont averti que j'étais indésirable en tant que petit Blanc avec mon minable bistro au toit de tôle au milieu de cette vitrine de l'Afrique moderne, alors j'ai dit adieu aux copains pêcheurs et je suis parti. J'avais fait mon temps et ça ne m'amusait plus, leur cinéma... Après, j'ai un peu bourlingué à travers l'Afrique. C'est comme ça que j'ai connu Fanny.

Mathieu ôta la pipe de sa bouche. Ses yeux pétillaient derrière ses lunettes.

– Ce que ne mentionne pas ce truand helvète, c'est qu'il s'est alors lancé dans la contrebande des animaux tropicaux. Il était spécialisé dans l'exportation illicite des perroquets gris du Gabon qu'il expédiait vers l'Europe.

Le Caïfa eut un sourire nostalgique..

– Les gris du Gabon... On devait leur bander les yeux pour qu'ils restent silencieux pendant le voyage dans le double fond des cantines.

Mathieu reprit :

– Moi, j'étais à l'époque sous-directeur des douanes et j'ai passé des années à le traquer sans jamais pouvoir le prendre sur le fait.

– Je lui en ai donné du boulot, à ce pauvre Mathieu... Et puis, vingt-cinq ans plus tard, on s'est retrouvés, on a pleurniché sur le passé et on s'est installés dans ce relais, comme deux anciens combattants.

Mathieu se tourna vers les autres, ironique.

– En réalité, c'est une manière de garder un œil sur lui afin de m'assurer qu'il ne recommence pas ses pirateries !

Il avisa l'hôtesse qui réprimait à grand-peine un bâillement.

– Excusez-nous, on est tellement heureux d'avoir de la visite qu'on ne voit pas le temps passer. Le Caïfa va vous montrer vos chambres. Moi, je vais finir ma pipe en buvant un dernier whisky. Je ne me lasse pas d'écouter la nuit.

23

Après le petit déjeuner pris en commun, Mathieu et Jojo se retrouvèrent seuls sur la terrasse. Mathieu emplit leurs deux tasses de café.

– Je sais où nous nous sommes rencontrés, monsieur de Sainte-Croix.

Jojo eut une moue d'ignorance.

– Je ne suis venu que deux fois en Afrique. Au moment du Biafra et pour une conférence Nord-Sud.

L'autre rectifia :

– Ce n'était pas en Afrique. C'était à Paris. A l'hôtel Normandie où m'avait installé votre gouvernement. J'étais alors entré en politique et j'étais devenu le leader de l'opposition. La France misait beaucoup sur moi. Je représentais l'alternative politiquement convenable, qui restaurerait, le moment venu, la démocratie dans mon pays. Il y a près de trente ans de cela. On m'appelait monsieur le Ministre.

Le visage de Jojo s'illumina.

– A l'époque, je travaillais pour l'agence Gamma. Ils m'avaient envoyé faire un sujet sur vous. Il y avait là un chargé de mission de la Coopération car le ministre ne souhaitait pas vous recevoir dans des locaux officiels.

Cocolabé hocha la tête.

– Diplomatie oblige !... Il était d'ailleurs parfaitement odieux, ce jeune énarque.

Jojo sourit à ce souvenir.

– Vous l'avez fraîchement éconduit.

Son interlocuteur acquiesça.

– J'avais envie de dîner en tête à tête avec vous, car vous m'étiez sympathique.

– Je me souviens fort bien de ce dîner, dit Jojo. Vous m'avez parlé de votre pays avec une passion que je n'ai jamais oubliée.

– Je vous remercie, dit Mathieu.

Il poussa un soupir.

– Je pensais encore que l'on pouvait changer les choses. Je croyais en mon avenir politique.

Une averse soudaine vint crépiter sur le toit en zinc. Mathieu ralluma sa pipe et émit une série de petites aspirations précises en contemplant la brousse voilée derrière le rideau de pluie.

– Votre gouvernement me choyait. J'avais droit à un garde du corps et d'accortes jeunes femmes, plus blondes les unes que les autres, payées par les fonds secrets, venaient égayer mes nuits d'exilé. Je recevais quotidiennement la visite de bouillants journalistes de gauche et de militantes résolument tiers-mondistes aux lunettes cerclées de fer et aux seins nus sous leur blouse indienne qui s'entretenaient avec moi de l'avenir du continent africain. Ah, j'étais gâté !... Et puis les choses ont changé.

– Que s'est-il passé ?

– Je devais prendre le pouvoir à la faveur d'un coup d'Etat populaire fomenté par les services français. La date était fixée. Ma valise était prête. C'est alors que Foulay Bofon, le Président en place, échappa coup sur coup à deux attentats des putschistes. On a dit alors qu'il portait les tatouages sacrés. La rumeur s'est répandue dans le pays : la magie était avec lui ! Le coup d'Etat a avorté. J'ai dû quitter mon appartement pour une chambre avec douche qui donnait sur une cour. Lorsque mon rival a donné la concession du caoutchouc à une compagnie française, je me suis retrouvé dans un cagibi à côté de la lingerie. Et puis, un soir, Jacky, le barman fidèle, a refusé de me servir une coupe de champagne. Tristement, il m'a appris qu'il avait des consignes. Je n'avais plus droit qu'au vin blanc. La France m'avait lâché...

» Alors, plutôt que de dormir dans un placard à balais en me détruisant le foie avec de la vinasse des Communautés européennes, j'ai décidé de rejoindre les bords de ma lagune et de voir grandir mes petits-enfants.

» J'ai demandé un visa à l'ambassade de mon pays. Je l'ai obtenu tout de suite : je ne présentais plus aucun danger pour le Président en place. Il s'est même offert le luxe de m'envoyer une voiture officielle à l'aéroport pour me conduire au palais. Devant la télévision et la radio qu'il avait convoquées, il m'a serré sur son cœur en me souhaitant la bienvenue. Ensuite, il a prononcé un vibrant discours prônant la réconciliation et l'amour de la patrie, ferments de la démocratie...

Il sourit à Jojo.

– Au début, pour survivre, j'ai ouvert un cabinet de voyance sous le pseudonyme de Monsieur Touré. J'avais pris ce nom car les Sénégalais ont la réputation d'être fins magnétiseurs et experts en retours d'affection. Un jour, j'ai reçu la visite du Caïfa que j'avais connu autrefois, lorsque j'étais inspecteur des douanes, et la suite, vous la connaissez...

La plainte d'un accordéon s'éleva, insolite dans cet horizon de brousse.

– C'est la chanson préférée du Caïfa, commenta Mathieu. Il adore Mac Orlan. Il lui arrive de passer dix fois de suite cette cassette.

La voix enrouée de Monique Morelli montait maintenant dans le ciel plombé.

Oh Tortuga, port de disgrâce,
Dans le décor des cocotiers,
Tortuga, mon île sans trace
Où mes pas se sont effacés...

Dans la chambre du Caïfa, le margouillat en embuscade sur la moustiquaire happa son troisième cafard d'un coup de langue précis. Les stores tranchaient la lumière en ardentes rainures qui s'étiraient en direction du lit. Le couinement du ventilateur se mêlait à la voix rauque de la chanteuse.

La poitrine encore palpitante, l'hôtesse regardait le Caïfa de dos. Il était nu. Son énorme cul et ses épaules puissantes luisaient de sueur. Jamais, depuis la nuit dans le bar du 747, elle n'avait joui aussi fort. Elle entendit un fracas de cascade se brisant sur une paroi de métal. Il finit de pisser dans la cuvette d'émail et se retourna pour prendre une serviette de toilette. Elle était fascinée par cette abondante toison qui lui recouvrait entièrement les épaules et le torse. Sa large queue apaisée reposait sur le matelas de ses belles couilles. L'hôtesse ne pouvait détacher son regard de ces confortables testicules ronds et luisants comme de beaux fruits de plaisir. Elle tendit le bras vers lui.

– Vous ne venez pas vous recoucher ?

Sans répondre, il continua de s'essuyer le torse et les aisselles. Le Caïfa était à la fois ému et agacé par ces insatiables mangeuses de santé qui prennent une voix d'enfant pour mendier un câlin après l'amour, alors qu'il avait envie de pisser en paix et d'aller roupiller tout seul sous son ventilo, après s'être tapé une bière bien fraîche tirée du frigo à gaz.

Ça faisait plus de vingt ans qu'il n'avait pas baisé

une Blanche... depuis Youra, la pianiste du Bentley's. Elle avait eu un vrai coup de lune pour le Caïfa qui l'empalait de son gourdin de voyou en la bâillonnant de sa grosse paluche pour qu'elle réfrène ses hurlements. Pour le Caïfa, elle avait décommandé deux récitals Chopin et Schumann à Boston et Montréal. Cela avait coûté plus de cent mille dollars de dédit à son agent blême de rage.

Lorsqu'il avait vu, pour la première fois, le visage de Youra après l'amour, le Caïfa avait été pris d'une franche envie de rigoler : une larme de mascara coulait le long de sa joue, les alentours de sa bouche étaient tout barbouillés de rouge à lèvres écrasé par la paume de son amant. Il avait promené sa patte sur l'épaule maigre de Youra qui avait frémi.

– T'es marrante, comme ça. T'as une vraie bille de clown ! Tu sais que j'en ai connu, des hurleuses, mais alors toi, t'es la championne... On voit que tu fais dans la musique !

Il contempla l'hôtesse qui le suivait des yeux à travers la moustiquaire. Elle était quand même nettement moins défraîchie que Youra. Plus discrète aussi.

Il retourna la cassette et alla la rejoindre dans le lit.

Oh Tortuga, île imprécise,
Je meurs dans ton soleil parfait.
Je n'étais pas fille soumise,
Du moins mon amant l'ignorait...

La voix se brisa. Son écho se prolongea au-dessus de la forêt.

Jojo liquida son café tiède. Immobile, Mathieu avait le regard braqué vers les montagnes bleues. La touffeur commençait à s'installer.

– Jojo, je vais retourner au village.

Dieudonné était debout près de la table, l'air grave.

Ils étaient face à face, aussi embarrassés l'un que l'autre. Ils savaient que ce moment devait arriver.

– Tu es sûr que tu dois t'en aller ? demanda Jojo.

– Ma famille est là-bas. Fanny est comme ma maman, Emile Zola est mon frère, et il y a la petite ministre qui est devenue ma cousine.

Il sourit.

– Et puis, le Chef doit être triste. Je suis sûr qu'il guette la piste en espérant mon retour pour que je lui raconte ta nouvelle vie.

Jojo répondit sans le regarder :

– Je perds beaucoup d'amis en ce moment. Le Président, toi...

Dieudonné se tourna vers Mathieu qui assistait, ému, à cette séparation, le poing serré sur le fourneau de sa pipe.

– Tu as Mathieu. C'est un homme comme toi. Je suis sûr que vous deviendrez amis.

Mathieu corrigea :

– On ne devient pas amis, Dieudonné. On naît amis, un jour on se rencontre et là, c'est l'évidence. Je pense que c'est le cas avec monsieur de Sainte-Croix.

– Appelez-moi Jojo, s'il vous plaît, dit le journaliste.

Epanoui, Dieudonné serra la main des deux hommes.

– Je le savais !... Allez, je pars maintenant. Il ne pleut pas. Si je marche vite, j'arriverai à l'heure pour l'apéro dans la case fétiche où ton tabouret tam-tam est resté à la même place !

Jojo sortit de sa poche un petit livre tout écorné recouvert de tissu noir. Il le tendit à Dieudonné.

– Tiens, prends ça. C'est tout ce qui me reste de mon passé.

Dieudonné saisit le carnet, le retourna délicatement.

– C'est un livre que tu as écrit ?

– Je n'écris pas, répondit Jojo. Je prends des photos.

A l'évocation de l'appareil photo sans pellicule, Dieudonné eut un sourire. Il fit quelques pas vers la porte, puis se tourna vers Jojo qui le regardait tristement partir.

– Allons, lui lança-t-il, ne fais pas cette tête-là ! N'oublie pas : il faut toujours avoir l'air de sortir du bal. Et puis, maintenant que tu es nègre d'honneur, tu dois sourire. Le nègre est toujours gai. Regarde la boîte de Banania !

Et la porte se referma sur lui.

Un silence s'installa... Mathieu se leva et revint avec la bouteille de whisky et deux verres.

– Mon cher Jojo, je vous propose de prendre notre premier verre de l'amitié.

Jojo acquiesça de la tête. Il sentait une boule se former au fond de sa gorge et ses yeux le piquaient.

Ça s'est passé il y a plus de quarante ans.

Je l'ai là, le petit livre de Jojo. J'ai essayé de le lire, mais ce n'est pas très rigolo, l'horaire des marées de Douarnenez. C'est le nom du port où était amarré son bateau dont il nous avait si souvent parlé, au bar de la case fétiche. Ce bateau dont mon copain Jojo-les-cheveux-blancs n'aura jamais fini de payer les traites.

Comme tu t'en doutais peut-être, le Président n'était pas mort.

Il avait mis au point sa disparition avec Fanny. C'est Emile Zola qui était venu la nuit placer des morceaux de vêtements ensanglantés et tracer des empreintes dans le sol. Et moi, j'étais chargé d'éloigner les deux seuls témoins du passé : le copain du Président et sa chaude – c'est ainsi qu'on appelle une fiancée chez nous...

Quand le Président a réapparu, personne ne s'est étonné au village. Il était normal qu'un homme aussi puissant revienne de chez les ancêtres. On a simplement dit qu'il avait les bons fétiches. Fanny l'a installé dans son logement et on le cachait à chaque passage du Canadien de l'écologie.

Le Chef a voulu qu'il devienne Chef à sa place, mais le Président a refusé, alors on l'a nommé Président du marigot. Il avait l'autorité d'un chef coutumier et participait au conseil de la tribu où il a fait entrer Mathilde. Je te laisse imaginer la colère de Makoto, ulcéré qu'une femme, blanche de surcroît, soit admise à siéger dans la case de palabre au même rang que les hommes.

Quelques mois plus tard, on a célébré le mariage de Mathilde et d'Emile Zola. Il fallait voir comme le Président et Fanny étaient émus en les accompagnant sous le manguier sacré. Pour la première fois, j'ai vu pleurer Fanny.

L'année qui a suivi, la ministre de mon copain a mis au monde un joli bébé caramel aux yeux verts qu'ils ont appelé Mendès France. Comme tous les enfants du village, il a appris la géographie sur le mur de cartes postales de sa grand-mère et il a eu le droit de faire neiger les boules magiques.

La grande femme blonde est restée au Kilomètre 822. Comme les camions ne passaient plus aussi souvent, elle a persuadé le Caïfa d'installer un aéroport pour les touristes amateurs de safaris photo. Souvent, on voit encore voler leur petit avion jaune qui bat des ailes au-dessus du village.

Jojo a continué de photographier ses rêves avec son appareil sans pellicule qui pendait autour de son cou, comme un grigri. On le croisait parfois sur la piste qui mène aux montagnes Bleues, assis à côté de Mathieu dans la vieille Toyota du relais.

Comme le Caïfa, il est devenu un de ces nègres blancs qui ne retourneront jamais dans leur pays.

Près d'un an après la nuit du gros potin, j'ai appris par un poissonnier du marché de Bassi le dénouement de la fugue des trois Blancs et de Jean-Baptiste. Des pêcheurs de lagune ont retrouvé les débris d'une pirogue qui s'était fracassée contre les rochers. Les crocos n'avaient laissé de l'équipage que deux crânes et quelques ossements échoués sur la berge. Tandis que mon interlocuteur pestait contre l'imprudence des jeunes qui s'aventurent dans les courants, je souriais dans mon for intérieur : heureusement que les os des Noirs et des Blancs ont la même couleur !

Lorsque survint la deuxième mort du Président – on peut même dire la troisième, si on compte la résurrection par le Pygmée – on a entendu un puissant barrissement qui s'est prolongé longtemps au-dessus des arbres. C'était le dernier hommage de Monsieur Tobias au Président du marigot qui entrait dans la grande saga de l'Afrique ; et désormais les griots racontent son histoire le soir devant les cases.

Depuis que le Chef est, lui aussi, retourné chez les ancêtres, c'est moi qui tiens la canne de palabre. Quand je préside le conseil de la tribu, avec Mathilde à ma droite, Marie-Ange et Marie-Rose assises face à moi parmi les sages, je me sens empli d'une bouffée de fierté : N'Dangiok est sûrement le seul village d'Afrique où soit strictement appliquée la loi de la parité !

Peut-être qu'un jour, si ma mémoire n'est pas gâtée, je te raconterai la suite des délectables aventures de Jojo-les-cheveux-blancs, de la grande femme blonde, de Mathieu Cocolabé et du Caïfa des lagunes.

Le soleil rouge s'enfonce derrière les palmiers. Dans moins d'une minute le ciel éteindra la lumière et le marigot prendra la couleur du lait. Je lève vers toi qui me connais et que je ne connais pas mon gobelet de vin de palme. Remplis ton verre et buvons tous les deux à la santé des amis qui n'auront jamais notre âge.

Du même auteur
aux Éditions Albin Michel :

WHISQUIERDA, roman, 1973.

UN JARDIN EN ENFER, roman, 2001.

Composition réalisée par IGS

Achevé d'imprimer en avril 2006 en France sur Presse Offset par

BRODARD & TAUPIN

GROUPE CPI

La Flèche (Sarthe).
N° d'imprimeur : 35141 - N° d'éditeur : 70341
Dépôt légal 1re publication : mai 2006
LIBRAIRIE GÉNÉRALE FRANÇAISE – 31, rue de Fleurus – 75278 Paris cedex 06.

31/1714/0